文学と香道

早川甚三

あるむ

著者　早　川　甚　三

香席（著者香席）

志野棚

上段　乱箱

中段　添香爐

下段　左　火取香爐

　　　右　重硯箱

文臺

床柱　訶梨勒

乱箱

内容：聞香爐一対、香札箱、志野折、火道具と建、銀葉箱、炷空入、折据

文臺

文臺と親硯

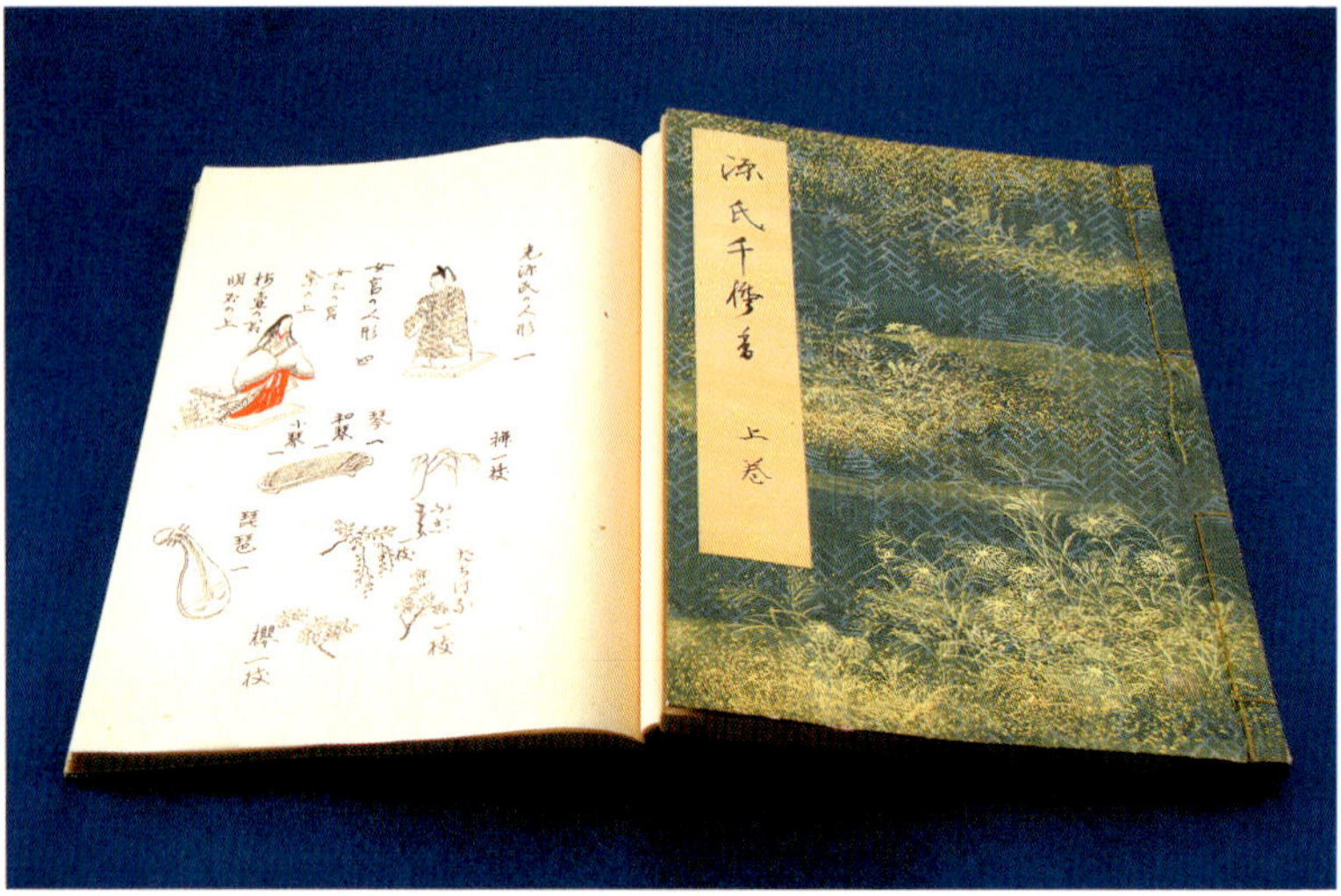

源氏千種香聞書（早川梅亭自製）

源氏千種香包（早川梅亭画）

「安政六年版女訓百人一首教鑑所載源氏五十四図を本とし図を製す。この図面元来平安時代を現わしたる繪にあらず徳川中期を写したるものの如し。今之を写すに当り幾分訂正せりといえども尚未。」と記録あり。

源氏千種香香包　桐箱（早川梅亭画）

源氏香図本（早川梅亭画並製作）

歌十組香包（早川梅亭画並製作）
家蔵の写本壽賀枕より写す

六十種銘香（早川梅亭画並製作）

火取香爐　銘　初音

桐火桶香爐（早川梅亭画）

沈箱

香箪笥

香割道具　一部井伊家伝来

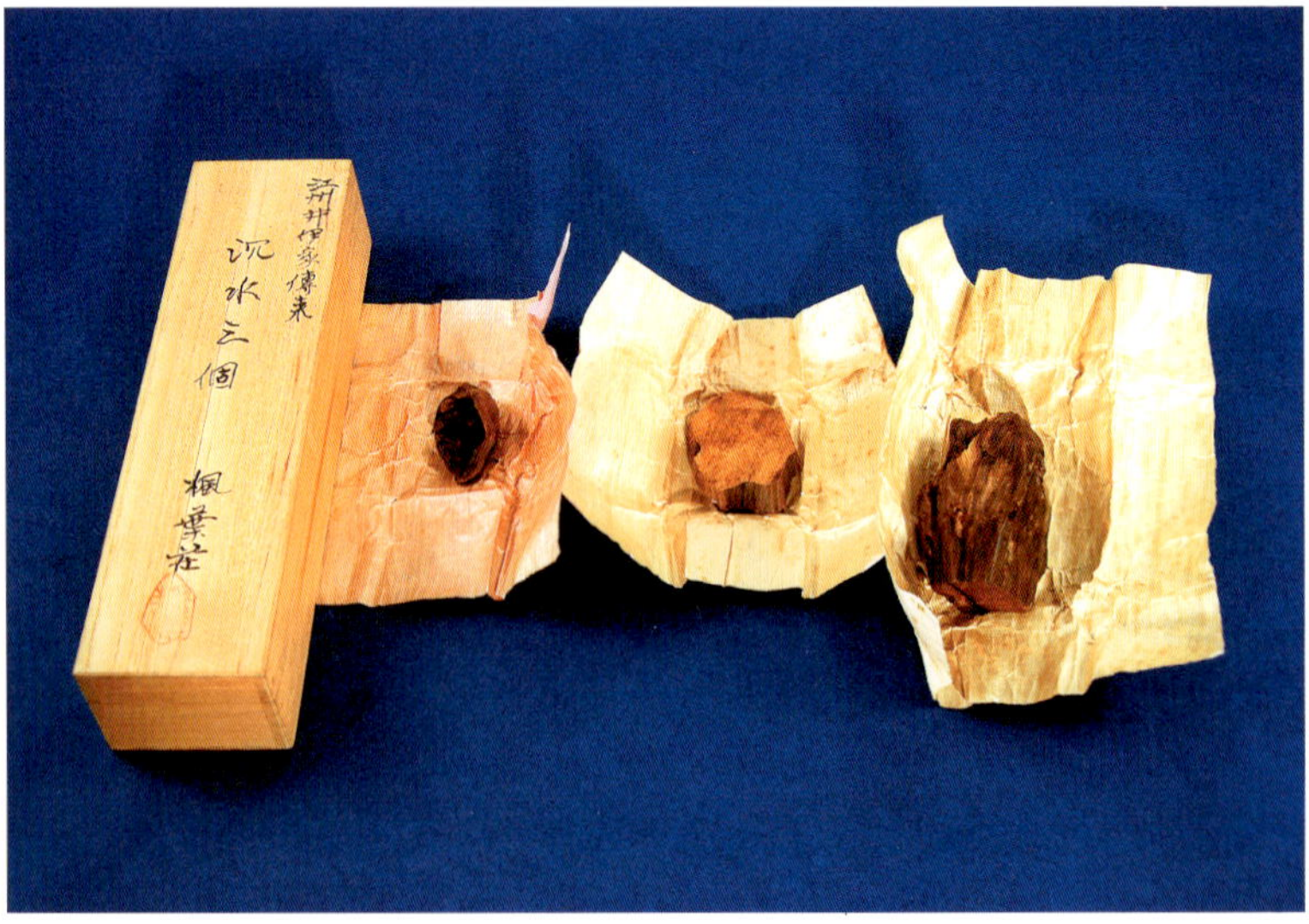

井伊家伝来　沈水

まえがき

父・早川甚三は、中世国文学を専攻し、一方で日本芸道「香道」の研究をしておりました。と申しますのは、家は三代にわたって、香道を趣味とし、志野流のお家元にご指導をいただいてきました。祖父母は十八世宗致宗匠に、父及び叔母は十九世宗由宗匠に、私は未熟ですが、現二十世宗玄宗匠にご指導をいただいています。祖父・早川梅亭は南画家でしたが、道具を趣味として家元や香に関する文献や碩学の方々との交流の中から、模写などさせていただいて香道具を作ったりしました。父は職業柄もあり、文学と非常に密接な関係にある香道を文学的な方面から考察して、文部省から研究費もいただき香道を研究しておりました。

最近、父の遺品を整理しておりましたところ、このたび上梓した原稿をはじめ宮内省図書寮、陽明文庫など諸方で調査した資料の数々が出て来ました。このままにしておけば、やがて朽ちて埋もれてしまう、家の私的なものとしてその一部でも残しておくことも私の役目ではないかと一念発起して上梓することにしました。原稿が書かれた時期は戦争末期の昭和十八年頃のものもあり、多分時期が時期であるだけに、原稿としてそのままにしておいたものと思われます。しかし、その年には八雲書林より『香道』という一冊を上梓しています。

というわけで、この試みを始めましたが、何分にも私は専門を異にし、さらに香道には未熟、浅学の身で、父の原稿を前に悪戦苦闘するはめに陥ってしまいました。文字は旧かなづかい、旧漢字、私では判読し難い熟語、文字の略し方、などなどが少からずあって今更聞くこともならず、やむなくそのまま載せてしまったところもあります。その点読んでいただく方で、許せぬ部分が多々あると存じますが、お許し願いたいと存じます。

さらに、内容も父の独善的な解釈かも知れません。また、その都度単発に書かれたかも知れず、今回前後の脈絡など重なった部分もありますが、ともかく記録として残しておきたい一念で上梓しましたことを重ねてお許し願いたいと存じます。

また同時に載せました源氏千種香、源氏香図などの写真の数々は祖父・早川梅亭が描いたもので、これまた、祖父の記念として残したいと載せました。

早川　順子

目次

日本文芸と香道

――日本文芸の文芸性と香道の芸術精神

我が日本の国、群島蜻蛉島根は大陸と大洋とに介在して温帯の部分にその地位を占めております事からして、その気候寒暖の差、海潮風位の関係から生ずる気象万千の姿は恰もその山谷海湾犬牙錯綜の地形と相纏綿して、いとも強からざる刺戟の下に、自ずから住む者をして豊かなる相対的感想と穏かなる憧憬的情緒とを誘発せしめているのであります。

大自然の技巧たる火山を始め、峯巒丘陵の構成美と形態美と、流れては渟り、渟っては流れる湖水と渓流と。今や海に注がんとするところ州崎の眺望と海岸線の屈曲。春夏秋冬の四季に適する草木、花卉、鳥禽、魚虫は色彩の豊麗と動静の萬化とを展開して自からなる雲靄雨雪の交易と共にその光と色とに視る者をして幻惑せしめる程の風趣を呈している次第であります。

かくして我が古来日本人はインドのそれの如く炎熱の下に不動瞑想する事も必要でなく、北欧のそれの如く極寒の下に蟄居思索する事もさして必要でなく、衣食の生活に物資を獲得すべく余暇なきが如きも念頭にする事なく、自然の豊満なる優和なる応待に只その風容を観照しつつ自らの心情を殆ど平安に持続する事が出来たのであります。

随って彼等にとっては、自然は恰も我が父母であり我が友でありました。大和時代歴史に見えて以来如何なる山岳も如何なる水辺も彼等にとっては安住の場所であり、慰藉の聖堂であったのであります。高き峯々にして金剛杖の到らぬ隈もなく、海濱にして詩人の踏まざる処なく、そこに彼等は崇敬と法悦とを感じては社殿を設け、堂塔を建立しました。神秘と友情とを感じては尊称を与え又詩標を立てたのであります。

自然と人間と、この二つは二つにして恰も一つの如くでありました。というのは大自然を愛の源泉として己れをそれに浸る者となし、大自然を己が心情の豊庫としてそこに自己を在らしめる事を以って魂の生活としたからであります。時代は移り人は更れど時代毎に人毎に自然は尚それ等の心を満たさしめるに充分であって未だ自然の不足を感じてものした者は無いほどであります。日本文芸はかくて洵に穏やかなる者となり、融合調和の精神と環境甘受の心情とがいよいよ涵養せられて参った次第であります。

然らば日本文芸の実質はどうであったか。

大和時代は譬えば仏教で説く觸《ソク》の時代の如きものであります。丁度嬰児が外物に対して何の恐怖心もなく敢えて触れようとする如く自分の秩序と自然の秩序とにしかとした区別もなく、常に新しい気分で而も楽しそうに万有の中に悠々と遊んでいます。山も彼等と同人格であり、河も彼等と同人格的である。意外な衝戟によって相手に驚異を感じてはその偉大と自己の弱小を想う時々はありましても又元の恬淡さに帰って恰も雑踏の中を押し分け歩く子供のように意欲の興趣に個我とまでつかない個我を実現しているのであります。これがやがて万葉集等に表現された文学の大和時代性でありましてこれが当時の文芸の実質であると私は考えます。

平安時代は先程の觸の例でしますれば次に来る受の時代となりました。意欲の興趣が継続すれば次には己れの雰囲気を自分の興味で自分の感情で律するようになるのは自然でありま す。触れて後そのものを一度客観視してその客体から受けるもの而も感情的に受けるものを自分の主観を以って整理して見る、これが平安時代の傾向となったのであります。情趣化とは即ちこれでありましてこれが文学の目的であるとまでせられたのであります。こうした事は無論人間精神過程の上で必然的なものであり我が国独自でも起きてきたことではありましょうけれど特に大陸の文学に大いに影響されたことでもありました。物を事を詠ずることが輸入の漢文学に隆昌であったからであります。客体を情感してそれを己れの感情と理性とで整理構成すること、ここに平安時代の文学理念なる「もののあはれ」が産み出されました。

「もののあはれ」は近世の学者以来今日に到る迄多くの人々によって理論づけられ解釈を下されておりますがこれは単なる情趣とか余情とかいったものではありません。又進んで哀調とか妖艶とか解するがそれでもありません。それは嚮申す如く、客体が己れのそれぞれ特殊の感情を誘発する――その誘発される如き感興のよるところが物そのものに在ると思惟し想定をして、その出来た想定を再に自己に整理構成するものを言うのであります。これを表出する事が文学の最高のものとして長い間続けられましたのであります。

ところが、茲に社会的情勢の変化によって文学の理念が進展する事となったのでありま す。即ち――現実生活を追う事の幾百年に渉る繰り返しとそれに伴う頽廃的倦怠が醞釀されつつあった処に国都を中心とした日本未曾有の大戦乱が巻き起されて人々は生きる事の――精神生活に於いて生きる事の――意義について一度び当惑せしめられたのであります。かくして鎌倉時代に入りました。

鎌倉時代におきまして、抑も人生とは如何なるものであるか、世界とは如何なるものであるか、時間を通して世界と人間とは如何なる軌道を経過しつつあるものであるか、こうした事を彼等は人生論的に思案したのであります。

かくて彼に於いては人と万有とが一応対比的に分離して考えられました。けれどすぐに次の解釈に到達したのであります。万有の奥には一つの霊がある。人間も万有の内の一つであり、万有の根源無限の霊の意思に隷属しているものであると。そこで彼はその万有の意を忖度することに専念したのであります。思索はおのづから現実を離れて独り窓辺に観念を凝らすに到りました。万有は――宇宙は――時々刻々に於いて限りもなき創造の仕事をしている。眼前の事々物々はかかる偉大なる創造への一つひとつの足跡にしか過ぎないと。故に彼等は一つひとつの現象を時間的に見ては無常物とし過程とし真の意味は今のそのものでなしにそれを通して望見せられるところの未来の運命に在る、それを計ることに思いを到し、これを又空間的に見るときは個々の現象を万有の霊の意志表示物として所謂象徴主義的観察を致したのであります。木の葉の揺るぎ落花の姿は彼には至高の意志の表象とされ一原子は大宇宙と等しき可能性を分担しているものと解されたのであります。

当時の文芸人は皆こうした思想に移ったのであります。そしてこの思想を表現することが文学であると考えるに到りました。幽玄は中世文学の最大特質でありますが全くこの思索に立ちこの思想を言っているものであります。宇宙万有の動と静とに魂を以って触れて行く、そしてそこに己れを没入して The one which is the all の全一の意味、無限の心霊を暗示する、これが幽玄であり、文学の理念でなければならないとされました。尚これが進んで有心の文学となりました。それは幽玄で宇宙万有の心霊を追究致しましたその真剣なる意味での憧憬から一歩進んで自己の探索に自信と確信とを得たその怡びをひそかにこめて表現する文学であります。これが鎌倉時代を風靡し、延いて室町時代の正統にして純文学である処の文学を通して流行せしめているのであります。

以上についても私は一つの附言をしなければなりません。それは平安時代に自らの進展に加えて漢文学が影響せしめました如く中世に於きましても、亦似たものがあって、即ち自らの推移に加えて仏教が応援した事になることであります。無論仏教は遥か以前に渡来し流布は致しておりますものの、真に魂の奥底をゆすぶり人自ら懊悩して進んで求道し、進んで瞑想し、進んで宗教し、進んで哲学するに多くの資料を彼が索めたのが仏典であったし、仏教亦浄土宗、禅宗等進んで現実の奥と彼方とにひそみ且つ存するものに就いて教えるところが大いにあったのであります。

かくて近世に入りました。ところが茲に最も注意すべきは一つ前の時代室町時代の中頃に国都を中心とする動乱！　応仁の乱が起きて而もそれが実に長い尾を引いて近世に入る迄殆ど続いた事であります。この乱が伝統の社会階級をおびやかし既成の文化を混乱衰頽せしめて、極言すれば日本国民生活は応仁以後からと現代の人をして言わしめる程さ様に文化の流れというものを堰とめてしまったのであります。

随って近世の初期は文芸に於いて亦甚だ低俗なものであり、それらしい者は文字通り一縷の極く少数の人々によって進展どころか只保存されて来ただけの状態でありました。そこには新しき文芸理念は何等認むべきもののないのは寧ろ当然であります。

かくて近世は文芸復興から歩み出されました。

古典の研究古文芸の復習乃至は物真似！　これ等の時期を経て中期に漸く独自性を表しかけたのであります。それは近世資本主義の萌芽と幕府教育の儒教の現実的社会観とに影響せしめられるところ亦大なるものがあったのであります。その為に近世の文学は往古の文学を師範とするに出発したとはいえども平安時代の如き情趣を以って臨むではなく、中世の如き生命を以って対するでなく、現実日常の生活と眼前なる自然の有るがままの状景と、前者後者の交歓と、これらを写生し、これ等を描写するをその使命とするに到ったのであります。

そしてここに注意される事は文学の目的に実利的意味を加味していることであります。近世以前にはこのことは伺われない。近世は文芸する事に人世生活の慰藉を認め現実生活の上の娯楽とする傾向に在りました。「文芸の生活」というより「生活と文芸」という詞が近世文芸に該当する事となるのであります。文芸する事を「風雅の道」と称しましたのも全くその近世の根底に実利主義的なるものがあってこそ意識され発言されたものと解される次第であります。

以上私は近世に到る迄の日本文芸の在り方、日本文芸の文芸性について甚だ抽象的に概観し愚考をのべたのでありますが、さて、香道を瞥見しなければなりません。

「匂」のこと、「薫り」のこと、「香料」のこと、「合香」のこと、「薫物」のこと、などは古く大和時代からありまして、平安時代は甚だ隆盛となり中世をかけて亦盛んなるものがありますけれど、今日は所謂、香道に限定してお話申すことといたします。

香道は中世末期に産まれました。茶道と同時であります。

それ以前は数多の香料を調合した合香即ち薫物を使用してその香気の種々相を鑑賞したのでありますが、香道に於きましては、只、沈香と称する植物学的には一種だけの香料を使用致して、この同種の沈香の中の樹脂の多寡を含有物の異同による多少の匂の変化を巨細に検覈するのであります。只匂いを検覈し、その匂の鑑賞上よりの優劣と香気の種々相とを吟味するだけならば香道たる所以もないのでありますが、さてこの香道の香道たる所以は

一、その香気が思索せられ

一、その香気が文芸と関連せられ

一、一つの香と次に炷《た》く香との香気の鎖の上に芸術的技巧が凝らされ

一、それを炷く作法に芸術的動作を考案し、規格された体系の下に終始する

処にあるのであります。即ち、沈香をそしてその香気を情緒に立って編成組織し、これを鑑賞するにその技巧と意味と何を表現し、何を具象しているかを批判するところに芸術があり、究畢に於いて一筋のものを意図しその為の作法に考案せられたる体系的規格が厳存するところに「道」があるのであります。

この香道は香道と名称せられたは近世の初期でありますが、その実体は嚮に申しました近世の末であります。芸術として成立せられた時がこの中世である事からして、当然お解りのこと、この香道の芸術精神は実に中世の芸術精神にあるのであります。然り而してその香気を最も多く文芸と関聯せしめている処から見ても歴然たる如く、中世の芸術精神のその中の

中世文芸理念に依ってこれは作られているものである事を知らなければならないのでありま
す。
私は最初に日本の文芸についてその在り方と文芸性に就いて述べました。それは且つはこ
の香道が文学に依り、文芸理念によって構想されているものであるから、文芸理念を述べる
事がそのまま香道の構想理念を述べる事になるのを意中にして述べていたのであります。
先ず第一に中世の文芸理念を想い返して戴きたい。
第二には応仁以来文芸の衰頽と爾後近世にかけて一縷の極少数の人々によって古典文芸の
保存されたと申しましたあの事実を想い返して戴きたい。
第一の事は名香聞と組香とに明かであります。
第二の事は香の銘と香合せに明かであります。
この香の銘と名香聞と香合と組香とが香道の主要部分でありまして、後はこれ等の敷衍事
項のことか、炷く為の道具と作法とでありますからその本質的実体は概ねこの四つにあると
見ても差し支えはないのであります。
話の都合で第二の事を先に申します。
香の銘とは、珍重し愛好するその個々の沈香に己れの欲する名をつける事であります。一

度つけられたその名即ち銘は以後香人達の間にその名づけられた香が存在する限り改名される事なく続けられます。然してその銘じ方が殆ど古文芸の中から借りて付けられたものなのであります。例を一つだけ申します。――『香と芸術』（一五頁、生活社刊）「旅衣」を。尚面白いことには、時にとっての座興として本当の銘はあってもその時当座の仮の銘をつけて香気を競う香合をする事がありますが、銘の付け方の方が香気よりも重く見られる事があるのであります。

次に香合の場合――『香合の判詞』「某家香合」（本書九六頁）かくの如く古典文芸にそのよりどころを持ち且つは古典文芸保存の一翼を担っている次第であります。

さて第一に返りまして名香聞と組香。

名香聞とは只一つの沈香を炷いて端座瞑想することであります。全く中世の瞑想であります。香木たるこの一物を無限の霊性の具象と観じそれから発する香気に依って万有の意志、宇宙の意味を忖度して聽てこれを聞いている己自身を偉大なる創造主の派生分身とまで観じ行くのであります。香の宗匠はこんな詞を発しています。

「天地の正気聚りて香木となる
香木は散じて天地の正気となる也」と。

これに似た詞は沢山にあります。

次には組香に就いて。

組香は数多の香気を或一つの体系に組んだ事を言うのであります。茲に一人がその一組の香を次々と炷いて行くのを客人は次々と聞いて行って、結局それ等香気の移りいくリズムを感得するという方法のものであります。そのリズミカルな進展の中に如何によくその意図するところを表現しているかに組香を作る者の生命があり、そのリズミカルな進展を追うて如何によく不可見の世界を望見し無限の想念に馳せるかに組香を聞く者の使命がありまして、こうなって来ればもう一つひとつの香気に執着することから超えてその推移その動きにこそこの聞香の真の意味は存することとなるのであります。例えば余りにも通俗で極く初歩の組香ですが「源氏香」を挙げてみましょう。

は須磨の巻の標《しるし》であります。五つ香を聞いたその最後の感想がと感じればそれを図にして見て「源氏が京で色々の人と別れを告げて須磨に来た型。而も源氏は想は遠く心は乱れた」型と想定して源氏五十四巻のどれよりも須磨の巻を想像する。

は関屋の巻。源氏石山に詣でる途中、夫と共に任地常陸から帰る空蝉に会って相語る型

として関屋と返答する。

時間の都合上進んだ組香は割愛しますが、この源氏香の如きにも既に組香の意図するところの一部の意味を表現しています。まだ

一、個々の香にこの座での仮の香銘のないこと。

一、次々と聞いて行くそのプロセスの上に何等の意味を持っていないこと。

一、随ってそのプロセスの上に香気の移り変りに情景の文学的連想もなければ事件の発展、情趣の進行に個々の鑑賞が伴っていないこと。

一、五つの香種を皆同格にしてしまっていて、その中に特に主従とでも言うか特別の香気を持つものを入れていないから全体の動きが単調であり、筋を追うことが出来ないこと。

一、したがってリズムに躍動がなくて、ものの生命を追求して自己がその中に怡悦する事が出来ないこと。

こうした様な欠点が挙げられて甚だ幼稚なるものでありますが、進んだものとなれば省略しますがこれ等の欠点を補うに余りがあり、香も亦数多く使用し聞くにも亦幾節にも分けて組織をしているのであります。

（組香は一々例えば宇治山香、源氏香等と名をつけ、その数は御所、幕府、近衛家、宗匠家、図書館、蔵書家など……八〇〇。）

以上茲に於いて香道は中世の文芸理念にその構想を持っていると言わざるを得ない次第であります。そしてその構想の下に内容に於きまして平安時代からの（大和時代のは甚だ僅か）文芸作品の個々の文辞に準拠して参ったのであります。

この伝統は牢固として強く、秘伝の牙城にたて籠って僅かその後の新作の一部に近世文芸の実利性を加味していますが外は、容易に民主解放の策を取るには至らなかったのであります。

最後に香道を批判致しまするに、香道はその片鱗を今日申しました如く確かに比類なき日本の芸術であります。香気を芸術的に取り上げた文化として世界にも紹介して耻なき寧ろ誇るべき日本人の精神労作であると思うのであります。

されば私は考えます——一体自然科学の方法は自己に絶対の信頼を置いて彼方を刻明して行く。宗教の方法は彼方に絶対の信頼を置いて自己がそれに歩み行く。丁度こんな関係が西洋と東洋とである。西洋の思索は絶対を我に置くに対して、東洋の思考は絶対を彼に置くことに真の特徴を持っているのであります。私が、初め自然を述べ、次いで文芸理念を述べて参りましたのも、この特徴を証拠だてる為に役立たされたとお思いになる程さ様に、日本亦絶対を彼に置くことにその特徴を発揮しているのであります。香道が正しくこの範疇に入っております。今後世界の交易によって文化亦世界的とならざるを得ざる時、我々はこの絶対の彼と我との関係を熟慮しなければなりません。香道に於いて同様——私は今後の香道の理念に於きまして従来の如き、香気を彼への手段としたこと、そのことの更に上に香気独自の知覚を根幹として伸張する構想を打ち立てなければならないと考えるものであります。

（昭和二十二年三月八日　広島文理大で講演）

万葉集と香

古事記に垂仁天皇の御代多遅麻毛理《たぢこもり》（書紀には田道間守）が常世国から登岐士玖能迦玖能《ときじくのかぐの》木実《このみ》（書紀には非時香果）を持って来た事が書かれている。これは橘の事であるとせられているが、これに対して香ぐわしいものであるとの形容がつけられている。香りというものに対して印象を特にしたものと見える。

日本書紀巻第十御歌の中に

……（前略）……かぐはしはなたちばな……（下略）

とあって、橘に対して、同じく香ぐわしいものである事を以って形容されている。香りに対しては、その外のものには言われていないが、橘に対してか様に早くからその香りが賞されているのである。万葉集の中に於いて、香りに対して歌った歌は実に少くて殆ど万葉人は嗅覚に対しては無頓着かと思われる程であるのに、かく早くから橘に対して香りを賞でている状況は、例こそ少いが注意に價する事である。

日本書紀推古紀三年に

「沈水漂著於淡路島。其大一圍。島人不知沈水。以交薪焼於竃。其烟氣遠薫。則異以獻之」

の記事がある。この事を説明して『聖徳太子傳暦』上に

「太子遣使令獻。其大一圍。長八尺。其香異薫。太子観而太悦。奏曰。是為沈水香者也」とある。この本たるや平安時代に出来たものであって、随ってその内容に於いては真否疑わしきものあるにしても、太子がその沈水を「是沈水香者」と奏されたという事は、当時既に外来香木に対して詳しい知識と香りに対する深い鑑識とがあったという面影を示して余りあるものである。

日本書紀皇極紀元年の条に

「于時。蘇我大臣。手執香爐。焼香発願」

というのがあって、香爐もあれば焼香もしている。尤も仏教は欽明紀に入った事になるが、その時以来仏教にはつきものの焼香はあったであろう。その香にも種々の香りのするものがあったではあろう。けれど史に見えるはこれが初め。同じく天智紀には

「使奉袈裟・金鉢・象牙・沈水香・栴檀香・及諸珍財法」

と見え、また「手執香爐」という文句も書かれている。沈水香を始め栴檀香など次々とわが国に入って来た。

それが奈良時代、聖武天皇の御宇には、もう香料に於いては賑やかなものである。

沈水香　浅香　青木香　薫陸香　栴檀香　丁子香　安息香　甘松香

楓香　蘇合香　白檀香　麝香　鬱金香　甲香　香附子　詹糖香

零陵香　藿香　百和香

などの名が見えるではないか。これら凡て仏寺に於いて供せられたものではあるが、香りに対しての知識や鑑識や聞香の経験や観賞なども、寺院を始めとして一般人にも相当及んだものと見ても差し支えはない。かの蘭奢待を始めとして正倉院御物の中には、沈香で作られた諸器具があり、赤栴檀の経筒があり、香木の材がある。その上に薫爐もあり柄香爐もある。仏像を香木で彫刻する事もあったが、香を塗った例（万葉集、香気を愛賞しての歌にはあらず）もある。こうしたところから見ると奈良時代いいかえて万葉時代には、既に香の事は余程発達しておったものとする事が出来るではないか。上流の人々には随って香味を愛翫する事は流布していたものと思ってもいい訳である。

して見れば、万葉時代にはもう嗅覚を楽ましめる一種の文化が存在していた事は確実となり、時代人が嗅覚に対して相当の関心を持っていたものだという事も至当の言となって来る。然るに遺憾ながら歌の方には、こうした香味愛賞のものが殆どない。平安時代になると、これが驚くべき発達をなして、生活諸般の中に入りもすれば歌にも多く詠み込まれて来た。それなのにまだ万葉時代はそうまで行かなかった。もともと外来の香料であるによって、まだ本当に彼等の「もの」となっていなかった為であろう。

嗅覚に対して鈍感ではなかったにしても、何しろ日本の土地そのものが温帯の地であって熱帯地の様な油脂に富み、際立って芳香を発するが如き植物が稀であるところから、そして又か様な際立った芳香を持つ外来香料に蹴落とされてしまったところから、日本固有のものに対する香気賞翫という事が殆どないのである。遺憾ながら、香りの文化は外来の沈香類から発した。支那（及朝鮮）から渡来した（後には南方）香木の芳香によって、香りの世界が展開されたのである。華やかなりし平安時代の薫物の文化然り。中世以降の香道亦然り。我が国在来の自然物にして香りあるものを尋ねれば、香こそ薄いが幾らもある。春の草花あり秋の草花あり。外国文化珍重の余波をうけて、折角嗅覚に覚醒したのに、尚且つ外来香資に拘泥しそれに殆ど局限せられて、我を尋ねる事の余りにも過少に終った事は洵に惜しいことではないか。香気薄しといえども日本のもののもつ香味の追及にまで及ぼし、そこに開かれる嗅覚の世界に情念の翼を心ゆくまでひろげて欲しかった。

万葉集の歌、とにかく香りは素朴にして狭小であるといわざるを得ない。

◆

「にほひ」ということ。

万葉集に「にほひ」という詞は甚だ多い。古来この詞は、視覚的な場合にも嗅覚的な場合にもつかって来ている。段々後世になるほど嗅覚的な場合に多くつかって来ておって、現代などもう殆どが嗅覚的な詞としてつかわれている。が万葉集に於いては、いかにも、視覚的な場合につかわれて、寧ろこれは視覚の側のものとして扱っても大した故障は来さない程に思われるが如き状態である。例えば

もみぢ葉の散らふ山邊ゆこぐ船のにほひにめでて出でて来にけり

(國歌大観番号三七〇四、以下準之)

は、紅葉や船には嗅覚的要素はない。全く紅葉の谿から漕ぎ出た船の丹青美しさその視覚的色彩をいったものである事には疑いないのである。

……卯の花のにほへる山を外のみもふりさけ見つつ……　(三九七八)

……春花の咲ける盛に秋の葉のにほへる時に出でたちてふりさけ見れば……

(三九八五)

などは正しく視覚的なるものである。前者は他所から眺めての卯の花である、香りなどどうして味わうことが出来ようや。後者は秋の葉であって葉にはさ程の香りもあるものでない。

然り而して、断定として「ふりさけ見れば」と見ることによる賞美をしているではないか。丹青綺麗に見えることである。そんなところから、綺麗に染まること、鮮やかに色が出て来たこと、などにもつかった。

……真榛もてにほしし衣に……（三七九一）

はにおわせた衣と解されるが、真榛を以って色鮮やかに染め出した衣と解釈するが至当である。嗅覚ではない。

……紅の赤裳の裾の春雨ににほひひづちて通ふらむ時の盛をいたづらに過し……
（三九六九）

は赤裳の袖が春雨にぬれて、その赤色が一層に鮮やかになることと解釈すれば適切であって、嗅覚的なるものは少しも感じられない訳である。ところがやや

秋萩ににほへる吾が裳濡れぬとも君がみ船の綱し取りてば（三六五六）

秋の野をにほはす萩は咲けれども見るしるしなし旅にしあれば（三六七七）

などになると、一寸香りの方にも欲目で取ってみたくもなる。が然し萩は殆ど香りなどないものである。余程の敏感な人でもその芳香を感ずるには困難であろう。やはり視覚的なるものである。前者には「ぬれ」るという詞があって、萩で染め出した裳がぬれると解するが適

当であり、後者に於いては歌の文字通り「見る」で、芳香を発している萩を見るというのでなく、ただ秋の野を色彩っている萩を見ることとするが当然である。

住の江の岸野の榛ににほふれどにほはぬ吾やにほひて居らむ（三八〇一）

春の野の下草なびき吾も依りにほひ依りなむ友のまにまに（三八〇二）

などは、色鮮やかに染まるというところから、更に意味が進んで、それに従い服する意味にまで発展したものである。香りに染まって行くというのでなくして、どうしても色に染まって行く側からの意味でなければならないのである。

これに似た例は沢山ある。今挙げたのは極くその一部分にしか過ぎないが、とにかく視覚的なものである。それでここに一寸「にほひ」の語源に触れてみるが

一、「ニ」は丹。「ホヒ」は敷延の意味の「ハフ」から来たもの。

一、「ニ」は丹。「ホ」は秀。「ヒ」は接尾活用音。

の二様が考えられる。どちらも適するとは考えられるが、丹の敷延と見るは平安時代の「にほひ」には寔に都合がよいけれど、奈良時代のは如何にも色彩鮮明的な譬えば緑草の中に紅一点の如き目立った鮮やかさ濃厚さの場合が多いから、丹秀ふと解する方に該当する場合が多い。「丹穂之之」とか「丹穂比」「丹穂氷」とかなど万葉集にあててあるが、その丹穂なる

処は仮令単なるあて字にしても、何だかそこに一脈の語源的関聯もあるようにも思われる。さすれば進んで、必ずしも丹でなくても、色鮮やかに表し出す情景に、随って又鮮やかに染め出す事にまで応用し、次いでは感染すること服することに応用して行っても、何の不合理もないことになる。「にほひ」は第一義的にはかかる意味のものであったであろう。

「丹秀ひ」が、か様に適用されて行けば、段々とその意味は広く応用されて、ここに「香ににほふ」という遣い方が現われる事になってくる。香りに於いて特に鮮やかになる事である。そして時々は否多くの場合「香に」を略して「にほふ」とだけで香りの表出を意味させてしまうようになったものと考えられる。万葉集の中で

　宮人の袖つけ衣秋萩ににほひよろしき高円の宮（四三一五）

この歌など、不図みれば香りの方にもどうかと思われるが、例によって萩など香りの些して有るとは感じられないもの、視覚的なる歌であるは当然として

　鶯のなきし垣つににほへりし梅この雪にうつろふらむか（四二八七）
　橘のにほへる苑にほととぎす鳴くと人つぐ網ささましを（三九一八）
　鶉鳴く古しと人は思へれど花橘のにほふこの宿（三九二〇）

の三首など、勿論梅の美しく咲いている様橘の花の綺麗に鮮やかに咲いている様をにほふと

いっている様であるが、その語気の中には香りの要素も意中にしてあるものと解しても差し支えは生じて来そうもない歌ではある。けれどこれらに関する歌を見わたして、香気の意味に解くのは穏やかではない。ここに一つ

橘のにほへる香かもほととぎす鳴く夜の雨にうつろひぬらむ（三九一六）

というのがある。一体これは視覚的なるものか嗅覚的なるものか。先に列べた歌が家持の歌であり、この歌も亦同じ家持の作である。その点からいえば、これは同様視覚的なるものという事になる。けれど或る碩学は、これも万葉の用例からみて橘が美しく咲いているその橘の香と解くべきものと信ずる、といわれている。勿論そう解することに何の無理も生ずることではない。けれどもまた、「にほへる」は香の修飾語であり、作歌の現在は色は見えない夜である、という風に一応の注意をして見ると、これは香りのことをいっているようになって来る。「うつろひぬらむ」は何がうつろうのか。花の色がうつろうのか、香がうつろうのか。この歌は香が主体で殊更に「香かも」といっているのだから当然それは香がうつろうのだと見られる。花の色がうつろうのだったら「香かも」などと特にいわなくてもよさそうだし、又花の色がうつろう積りでいったものとすればそれは余りにも思わせ振りである。何や彼やでどうもこれは、香気高い香がこの雨で消え衰えて行くだろう、と見るが自然のよう

だ。して見ればこの歌など「にほふ」は視覚的なるより寧ろ嗅覚の意味を多分に持って来た事となる。「香ににほふ」の方に近づいている。ここに注意すべき現象がある

春の花今は盛ににほふらむ折りてかざさむ手力もがも（三九六五）

の歌は、家持が病床にあって大伴池主に贈った歌であるが、それに書簡がついていて、中に

……方今春朝春花流二馥於春苑一、春暮春鶯囀二聲於春林一……

とある。書簡を見ずにこの歌だけ読めば、春の花が色美しく咲いている事に解される。然るに書簡の方は馥とある。書簡と歌とは別情だといえばそれまでであるが、そこに密接なるものがあることは充分に読みとられる、即ち「にほひ」に馥の意を含めている事は推すに難くないものと思われる。更に進んで次の如き事実がある。

……青山をふりさけ見ればつつじ花にほへるをとめ桜花さかゆるをとめ……

（三三〇五）

を原典に於いて

……青山乎振放見者茵花香未通女桜花盛未通女……

と「にほへる」に当る所に「香」の字が書かれてある。歌の意味は今は問わないでその当てた字の方に注意をする。又次の歌、古来「匂はむ」という風に訓み習わして来ているが

……龍田道の丘辺の路に丹躑躅の匂はむ時の桜花咲きなむ時に……（九七一）

の原文には

……龍田道之岳辺乃路爾丹管士乃将薫時能桜花将開時爾……

と「薫」の字が書かれている。これらの事を以ってすれば、とに角当時もう「にほひ」には「香」や「薫」の意味が予想され乃至は含まれている事が明瞭となる。か様な次第で「にほひ」はもと〱視覚的なるものでありながら、遂に嗅覚的なる事にまで「香ににほふ」という訳で敷衍せられ応用されるに至ったのである。

以上万葉集に於ける「にほひ」の情景的な相についてその次第を見たのであるが、何分にもこうした視覚的分野嗅覚的分野にわたる広い領域の事を一語「にほひ」を以って言い表すという事は余りにも大雑把である。勿論まだ万葉に於いては視覚的表出が多いにしても、嗅覚的要素をもかく幾分は含有している。後世をも含めていうが、かく一語を以って代用せしめるとは洵に遺憾なことである。繊細な情感を以って区別的な詞を案出発揚したならばよかったろうに。どちらだか混同し易い。語彙の貧弱といおうか、情感の素朴といおうか、嗅感覚の素野というべきか。

◆「かぐはし」ということ。

この語は、香細とも香具播之とも香具波之とも香吉とも可具波之とも加具波之とも書いてある。香の字を当ててある場合が多い。恰も香の字を当てているように、実際香りに関する事にこの詞を遣っている場合が多いのである。中には美人に対してこの詞を用い、又親に対してこの詞を以って形容している場合もある。語源的にどういう意味であろうか。帰納的に解釈する方が妥当であろうが、これにも色々の解はあるが

一、「カ」は香。「グ」は働かす辞。「ハシ」は美また愛の意。

二、「カグ」で香の意。（香の字音kang）。「ハシ」は美又愛。

三、「カ」は香。「ク」は奇し。「ハ」は好し。又秀の転。「シ」は形容語尾音。

の三つが主なるものである。その中で第三が一番よかろう。即ち、香が奇し好しで連約して「かぐはし」となったとする解釈が最も適当の様である。珍奇にして絶好なる香に対していう詞であると見ていい訳である。（すれば香気を絶妙に発するものにして言い得る詞となって、美人とか親とかにはややふさわしからざるところもある。）が想像を逞しゅうし又は仮想

し聯想すれば、それも許される事にはなる。けれど或はその場合のは香奇好《カクハ》しでなくて、「カ」は接頭音かも知れない。）香りに関する限りに於いてはか様な解釈をする。万葉に於いて、この「かぐはし」は、さりとて余り多くのものには用いられていなかった。自然のものに対してはただ、橘と梅とであった。やはり幾多香気あるものの中にあって、香の奇しく好しき（又愛しき）ものに限られていたことになる。

なるほど橘は香りの高いものである。柑橘類からは西欧に於いては幾種もの香料を製造している程である。梅も亦同様香の高いものである。奈良時代当時として沈類其他外国より輸入せる香料を別にすれば、この橘と梅とは香の秀れて高いものとして愛好された事に不思議もない。仔細に検討すれば微妙な香気あるものもある中に、この橘や梅などは、詰まり万人が万人刺戟強く感得する初級のものと言い得る底のものである。伝うるところによれば、何れとも大陸から渡来したものであるが、そんな意味からでも珍重の度が高まっていた事ではある。

香細しき花橘を玉に貫き送らむ妹はみつれてもあるか（一九六七）
橘の下吹く風のかぐはしき筑波の山を恋ひずあらめかも（四三七一）
梅の花香をかぐはしみ遠けども心もしぬに君をしぞ思ふ（四五〇〇）

何れも橘の香梅の香の芳しきを意識している。橘と梅は、彼等をして、自然のうち芳しきものの代表として、どんなにかその下に恍惚として立ち止まらせた事であろう。

然しここで思われることは、彼等はその橘なり梅なりに対して、そのかぐわしき情景については何もいわなかった事である。只かぐわしの讃詞か嘆詞のみでそれを分析するか乃至は敷衍してまでは行き得なかった事である。この点遺憾とするところ。妹や筑波や君や親や等に対する形容としてあっさり利用しているだけである。橘や梅のかぐわしさを歌ってもかぐわしさそのものを歌ったのではなくて目的は外にある。彼等の嗅覚的人格から湧き出して来る表出では遺憾ながらない。歌った数が少くて困った事ではあるが、折角「かぐはし」まで至っているのに、その雰囲気に逍遥する歌のないのは、やはり嗅覚的素朴というより外はなかろうか。

◆

家持が橘の長歌を作っている。長々と橘の花と実と等について歌っている。そして例の「かぐはし」きことにも及んでいる。そして最後に反歌一首

橘は花にも実にもみつれどもいや時じくに猶し見がほし（四一一一）

と歌った。どうしたことか。やはり橘もこの長々しい歌に於いて結局は「見がほし」であって、視覚的世界のものとして橘があるものとなり終ってしまっているではないか。それは花としても勿論珍重すべきものではあったに違いなかろう。然しそもそも橘たるや只花としてだけならば秀れた花は外に幾らもある、橘としての生命は何としても香だ、芳香を持つものの代表的なるものであったところから、せめて家持ほどの人に橘の嗅覚的世界の妙境を歌って貰いたかったものである。如何せん、万葉人は香りよりも色容であったのである。

引き攀ぢて折らば散るべみ梅の花袖にこまれつ染まば染むとも（一六四四）

……藤浪の花なつかしみ引き攀ぢて袖にこまれつ染まば染むとも（四一九二）

の歌がある。これらが、香気に染まる事であったならば面白かろうに。さ様思われそうであって然らず。紅梅の色が袖に染まるのである、藤の花の色が袖に染まるのである。平安時代になると違って来た、古今集に

梅の花立ちよるばかりありしより人のとがむる香にぞしみける

というのがある。これこそ明瞭、香気に染まるのである。同じ染むでも万葉は色に染むことであった。

百合など、山百合・笹百合ともに可なり高い香気を持っているが、万葉集に十一首もあっ

て香に関するは一つもない。藤袴も、古今集には三首とも香りについて言っているが、万葉集一首にして香のことではない。橘の歌は万葉集に八十首にも近く、梅の歌は百二十首を越えているのに、香りに関しては橘に僅か四首梅に一首。古今時代からは香りに何と賑やかとなったのに実にこれは寥々たるものである。

外来の香料は嚮に述べた如くに入っては来たが、まだまだ一般歌人にまでは入り込まなかった。聞香の修練がつみ、随って嗅覚への興味と理解とが向上していたならば、必ずしも外来香料に限らなくとも、生活の周辺に於いてこの世界がうんと表現された筈である。嗅覚の文学に乏しいことは、万葉集としての璧に瑕ともいいたいくらい惜しいことである。

ただここに一首あり。

高松のこの峯も狭に笠立てて盈ち盛りなる秋の香のよさ（二二三三）

と。「詠芳」として松茸のことを歌ったものである。「芳」を詠ずることとそのことが既に愉快。松茸が笠立てて全山に盛んな芳香を放っている景である。「笠立てて」などと卑近な言い方をしたのと、松茸という味覚的な感じとが邪魔になるけれど、それでもよい。「秋の香のよさ」とは何と明朗にして而も香に没入していることよ。「秋の香のよさ」といったところ、自然の嗅覚的生命、秋の嗅覚的生命にやや触れ得、嗅いの世界に己を怡悦し得た万葉集中珍しき歌である。

（雑誌『古典研究』第七巻第二号所載拙稿修補）

香銘と和歌

一　概要

最初に、銘香なるものの概要について一言する。そもそもわが国で香を愛賞するは

1　数多の香剤を調合してその総合された薫を賞美する

2　単一なる香木を個々に賞美する

の二つの場合がある。1の場合は遠く平安時代の初期から行われており、合香と称して所謂薫物《たきもの》がそれであり、煉香・印香・線香などがこれに属する。2の場合は鎌倉時代の末葉から行われ、特に沈香の類を以ってしたものである。

然してそのいずれにも雅名をつけた。これを香銘という。極く古いところでは六種《むくさ》の薫物と称して

梅花　荷葉　侍従　菊花　落葉（後に盧橘に代う）　黒方

の名がついている。これは銘というよりは寧ろ一香域を概称したものと見るべきであって、本当に銘らしい銘は中世以降である。鎌倉時代末葉から単一な香木を愛賞するようになって、珍重する余りに雅名をそれぞれに附与した事から始まって、合香の方もこれに準じて銘

がつけられるようになった。それ以来室町時代を経て江戸時代になるにつれ、香銘はいよいよ増加すると共に、その銘じ方にも相当の考慮がはらわれ、特に文学的なるものが多くなり而もそれは国文学関係、殊に和歌を以ってするものが大部分を占めるようになった、所謂本歌を持つ事がその香の奥行かしさを示すが如き考に至ったものである。

香銘の面白みは如何にも一木香（沈香類）の方にあって合香の方は薄い。だから今は合香の方に関するものを除いて、沈香類の方に就いて見る事とする。

銘香を集めたものを歴史的に見れば、古いところでは『遊学往来』、『異制庭訓往来』、『尺素往来』等がある。

例えば

宇治　鳥羽　深山　武蔵野　野菊　薄雲　初時雨　薬殿

手枕　端黒　苅萱　菖蒲　奥山　切利

など。太平記に見える佐々木道誉などか様な銘をつけた香木を二百種も持っていた（その銘現在分明せり）と伝えられており、足利将軍家に蔵せられた物を初め当時諸家の蒐集した名香には一々銘をつけて将軍義政時代には実に多くの銘香数に上っていたものである。それを志野宗信なる者が精選して六十一種とした。これが後世志野流香道の祖志野宗信の「銘香六十一種」（六十一種名香とも）として後世重宝とするところの物である。

法隆寺（太子とも）東大寺（蘭奢待とも）　逍遥　三芳野　紅塵　枯木　中川

法華経　廬橘　八橋　園城寺　似　富士煙　菖蒲　般若　鷓鴣斑　楊貴妃　青梅

飛梅　種ケ島　澪標　月　龍田　紅葉賀　斜月　白梅　千鳥　法華　老梅

八重垣　花宴　花雪　明月　賀　蘭子　卓　橘　花散里　丹霞　花形見　明石

須磨　上薫　十五夜　隣家　夕時雨　手枕　晨明　雲井　紅　泊瀬　寒梅

二葉　早梅　霜夜　寝覚　七夕　篠目　薄紅　薄雲　上馬

であって、一般香道に携わる人々は挙げてこれを讃嘆している現状である。その後志野家に於いても「後改百二十種」「後改二百種」と発表しているし、足利時代末から戦国時代を経て江戸時代にかけ南方から輸入せられること実に夥しく、次々と手に入るものに対して次々と新しい銘がつけられて（一木に対して三の銘即ち白菊・柴舟・初音とつけた事すらある）江戸時代安永天明の頃には、その銘香数二千数百にも上った情況である。

その銘じ方を按べてみるに色々ある。例えば

香木の出所から……………………東大寺・法隆寺等

その香木でつくられていたものから……法華経・念珠等

香木の所有者から……………………大内・細川等
渡来の年号から……………………慶長・寛文等
秀れてこの上なき意から…………一位・大臣等
木色から……………………………黒香・金伽羅等
漂着の地名から……………………種ケ島等

などの如き、いわば通俗な銘から

故実から……………………………多数
和漢の古典から……………………多数
新古の和歌から……………………多数

などの如き段々と高雅な銘をつけ、其の他臨機の考案を以ってした銘をつけたものである。江戸時代に入ってからは殆ど後者の銘じ方となり、和歌からのもの即ち本歌を持つものが特に目立つようになった。この事は香道が一大発展をなすに至った大きな要素の一つでもある訳となったのである。

次に、香道でいっている香木の品種と香気の識別とについていう要がある。それは所謂

「六国」と称し「五味」と称している事についてである。

「六国」とは

伽羅　羅国　真南賀（マナカ）　真南蛮（マナバン）　寸門多羅　佐曽羅（凡て色々の当字あり）

の六である。その外に

新伽羅　新南蛮（新真南蛮の意）　太泥（ダコ）

の三を六国に準ぜしめている。以上の九を以って香木の品種別とした。右の内伽羅を除いては、元来その産地によった名であると考えられる。何れも沈香の類であるが、か様に区別をしたのである。そのもと産地乃至輸出地を以ってした名称であったものの、間もなくそれは香域の差別によって仕分ける名と変ってしまった。無理もないこと、在来の香木をこの何れかに属せしめようとしてもその産地は不明であり、又新渡来のものといえども僅か一片の香木であるによって、転々するうちにその産地も不明となりがちであり、それよりは一定の香域（最初に渡来したそのものの香域を規準とした）に何でもかでもあてはめてしまう方が都合がよかったからである。『六國列香之辨』に

伽羅　その様やさしく位ありて苦を立てるを上品とす、自然とたをやかにして優美な

り、譬へば宮人のごとし。

羅国　自然と匂ひするどなり、白檀の匂ひありて多くは苦を主る、譬へば武士のごとし。

真南賀　匂ひ軽く艶なり、早く香のうすするを上品とす、譬へば女のうち恨みたるがごとし。

真南蛮　味甘を主るもの多し、銀葉に油多くいづること真南蛮のしるしとす、然れども外の列にもあるなり、師説を受くべし、真南蛮の品は伽羅をはじめその余の列より誠にいやしく、譬へば百姓のごとし。

寸門多羅　前後に自然と酸きことを主る、伽羅にまがふ、然れども位薄くして賤しき也、其品譬へば地下人の衣冠を着たるがごとし。

佐曽羅　匂ひ冷かにして酸し、上品は炷出し伽羅にまがふ也、自然に軽く余香に替れり、其品譬へば僧のごとし。

と掲げているが、こうした大体の標準によって未だ分明ならざる物を規めて行ったのである（新伽羅の如きも時の新古でなく「伽羅の真南賀」的香気を持つものとする説、新南蛮は「羅国の真南蛮」的香気が有力である）。『六國五味傳』の中に六國の列といふ、六品何れも沈水香なり、伽羅は六種の内上品のものなり、……（中略）……その品々を分ち知ること師説を受くべし

とあるが、それは師たる者地理学に詳かである意でなく嗅覚知識に秀でたる事を意味している。

「五味とは」

甘　苦　辛　酸　鹹

の五つ。それについて『六國傳内辨解秘註書』の中「五味之傳」は説明して曰く

甘味　甘は蜜を練る甘味……（中略）……蜜を練るほとりにおれば其甘味の鼻に入るやうの心持

苦味　苦は黄柏の苦味……黄柏に限るにはあらず黄蓮にても何にても苦き薬種をきざみ或は煎ずる匂ひに似たるなり

辛味　辛味は丁子の辛味……丁子の匂ひの事にはあらず丁子を舌にて味ふにいがらきやうなる辛味のやうなとの事也これは風流にいふ故このたとへなれども俗にいふ時は青くさき匂又はとうがらしを火中に入れて燃す匂のいがらきが如し

酸味　酸は梅の酸味……これは梅肉の匂なり

鹹味　鹹は汗とりの鹹味……これも風流に汗とりの鹹といふなり汗とりとは汗手拭などの匂といふ事なり俗にいへば昆布和布の類の海藻を火に焼く匂の汐くさきと心得べし

と。一つの沈香で一味のものはない。古来一味立といっているのがあるけれど、それは一味が殊にすぐれて出る丈の事であって詳細には二味以上である。

以上六国五味のことは江戸時代に入ってから完成した事である。それ以来、銘香を解説するには必ずこの六国の何れであるか、五味のうち幾味を備えたるかを味の出る順に記入しているのである。

江戸時代に入ってからの香銘はこの六国五味を基礎としてつけられるようになり、而もその味を意中にしてその意を古歌に索めたものが多くなったのである。この点が香銘の歴史の上に注意すべき事であり、香道としても亦かくあるべき事となったのである。

二

香銘を本歌を以ってつけること、それは江戸時代初期から中比へかけての堂上の人々には如何にもふさわしき事であったと思われる。江戸時代の香人は地下にも相当あったけれど、御門を初め奉り堂上の人々に多い。その堂上の人々は殆ど歌人であったと見る事が出来る程であり、而して二条派の歌の世界にあった。地下の人々が堂上の風を以って尊き事としそれに肖ろうとするはこれ亦当然のこと。かくて香の銘をつけるに三代集以下古の勝れた歌を按じて、その境に彷徨すると共に、今のこの香をして一層の重みをつけたのである。平安時代に薫物を製してそれに自作の歌を添える事など源氏物語などにも見えるけれど、この当時の人々は自作歌を以ってはしなかった。自作歌を以ってするは主観性乃至個別性に過ぎるを懸念し、古歌を以ってする方がもっと客観的乃至普遍的に理解され易く観賞されやすいという事を考慮しての上からであろう。己れというものを強いては出さず先哲を敬仰し伝統を生かして却ってそこに現在から未来を柔かいが然し強く暗示している底の奥行かしさがあって所謂高雅な人々の品性をよく表わしている。

香銘と歌との聯関を見るのであるが、その全般に渉っては紙幅の上からも尽し得べくもない、今はその代表的なる一書についてこの間の消息を窺うこととする。それは、香道の祖志野宗信直系志野流香道第九世蜂谷宗先の編次せるを門弟藤野専齋が増輯し、その門弟江田世恭の『色葉分字名香総録』という書である。随ってこれに掲げられた銘香は明和安永の比までのを蒐めたものである。香道に於いてはこの辺までのものが本格的のものであると見てよかろう。それ以後になると衰微しかけて来たからである。

さて、この『色葉分字名香総録』には香銘が二〇〇六挙げてある。いろは順に列べてそれぞれ六国五味を示し（未記載のもあり）本歌のあるものはその出典と作者とを記している。本歌のあるものは四四六である。全銘香数の二割余りに過ぎないが、それは江戸時代以前は歌を以ってはしなかったし、江戸時代に入ってからのでも或は故実により或は国書漢籍等により其他臨機の銘によるものがあるからであって、四四六の数は実に大きな数と見て過言ではない。今これを出典別部類別にその数を表示して見よう。

	春	夏	秋	冬	賀	恋	雑	其他	計
古今集	五		一				一		七
後撰集	一								一
拾遺集	一	一	一			一	一		五
後拾遺集	一	一	一						三
金葉集	七	一			二	一			一一
詞花集	三	一							四

千載集	四	一	六		一	一		一	一四
新古今集	九	二	一		二	三	三	三	二三
新勅撰集	八	一	四		二		二		一七
続後撰集	二		一		一	一	一		六
続古今集	六	一	四		二	一	一	一	一六
続拾遺集	五		一						六
新後撰集	二		一		一		一		五
玉葉集	一三		二				一	一	一七
続千載集	一	一	一		一	三		一	八
続後拾遺集	八	一			一				一〇
風雅集	四		二		一	二	一		一〇
新千載集	六	一	四		一	一	一		一四
新拾遺集	三	一				二	二		八
新後拾遺集	三				一	二			六
新続古今集	五	三	一		四		一		一四
源氏物語								三	三
堀川百首	一		一	一					三

長秋詠藻			二						二
日清集						一		三	四
拾玉集	二	一	四	一			二	二	一二
山家集	一	一	一			一			四
拾遺愚草（員外共）	七		一			一		二	一一
壬二集	五	一	三						九
新葉集	二								二
草庵集	二			二					四
類題集	八三	一二	四〇	一		四	八	一	一四九
其他 諸家集歌合等	一九	二	六	一		二		八	三八
合計	二一九	三三	八九	六	二〇	二七	二六	二六	四四六

出典に於いて

① 三代集以後であり、万葉集はない

② 二十一代集は一つも欠けず

③ 六家集は一つも欠けず

④　類題集は当然の中の当然として

⑤　草庵集のあること。これも江戸時代初期堂上歌人の範とした頓阿のことであるから
尤ものことではある。

部立に於いて

①　四季が多く、人事は少い

②　冬は殆どなく

③　人事に於いて賀と恋の外の部立は殆ど稀

数に於いて

①　勅撰集と其他で約半々

②　勅撰集の中では新古今と新勅撰とでその約五分の一を占む

③　勅撰集を除いては類題集と六家集とである

④　春の歌が断然多く全部の約半数

である事が知られ、如何にも堂上歌人の風格を示せる事と、匂いに関しては春が先ず留意せられた事とが解る。

さて、香木の銘をこれら歌のどういうところからつけているか。これを六国列と五味とを

顧慮しながら主なるものについて考察してみる事とする。

先ず、伽羅から（名づけた人については明かなるもあり、不明なもあるけれど、今はそれを問題としない）。

一、「朝日山」　伽上々、苦辛　壬二集、春　家隆

待ち出づる朝日の山の梅の花八十氏人も袖匂ふらし

伽羅の極上とされているものは正倉院にある「蘭奢待」であるが、その味は五味を完備して順次に甘苦辛酸鹹と出るといわれている。一体伽羅はか様に味の数が他のものに比較して多い傾向がある。が今この「朝日山」は僅か二味。始め苦く後辛い。伽羅は苦を立つるを上品とするが、本香は「伽羅の上々」とあって、さぞかしこの苦味がやさしく出て而も相当の濃厚さと持久さを持っていたのであろう、そこに後から辛さが加わって来、そのうちに苦さと交代して辛さのまま終って行ったであろう。その苦さに辛さの之も言われざる味がほのかにさして、やがて合体した香気となって馥郁たるところが「待ち出づる朝日」の姿と想像される。そしてこの香気たるや濃厚の故に、炷《た》き終った後も特に長時間に渉って香気を持続したものであろう。それで「八十氏人も袖匂ふ」までに思われる訳である。要するに本香は、

苦味の長さと辛さのききと濃厚持続の故を以ってこの歌が該当する事になる。それを梅の花に譬えたのは只この歌が時しも梅の歌であるからだけのこと。さて、ここで思われる事は、同じこの歌のどこを取って名としようかという点である。それを「朝日山」とした。「八十氏人」とでもしたらどんなものであろうか。朝日山では余りにも通俗である。そして余りにも概念的な名詞であるによってその奥に意味する処のものを想像するにも甚だ困難である。それよりは八十氏人として、そこにやや特異性を持たせて好奇心をそそり、本歌を示すことによって成程と肯かせる方がよいではないか。一寸「待ち出づる」的性質がそれでは薄らぐけれど、朝日山の余りにも概念的普遍的なる欠点よりは勝っているではないか。

二、「春の夜」伽上々、甘辛　古今集、春　躬恒

春の夜の闇はあやなし梅の花色こそ見えね香やはかくるる

銘は解らない様で解るのが奥ゆかしい。この銘も一、のと同じ様な欠点を持っている。解った様で解らなくなっていく銘である。春の夜の内容については万般ある、この銘でそのままこの歌の様な内容にはとても想い及ばない。又歌の内容を知った上からでも「春の夜」とは成程だとさ様簡単には了解されないのである。さて、これも又伽羅の上々である。とこ

ろがこれには苦味がない。伽羅は総括的に苦味のあるものであるのにこれは、甘と辛との二味。特例として掲げた訳である。この歌は梅の匂いの特功を述べたもので春の夜について言ったものではない。本香が、甘味の中に辛味が特に刺戟する点と、全体として上々である点とから、闇夜の星の如し又紅一点の如しといったところを香りの歌に索めて得た歌である訳。然しこの歌は、その意味こそよく表われているけれど、銘として取る部分に貧弱である。「梅の花」では余りに通俗、然らば「春の夜」より外に致し方も無い。人を言わぬといったが只一人だけを。これは三代将軍家光がつけた。本香は辛味が本香の銘たる処を発揮したであろう。

三、「こ紫」 伽、苦甘辛 草庵集、冬 頓阿

庭の面に移ふ菊のこ紫かれなで匂へ霜は置くとも

冬の残菊を歌ったもの。本香は三味。この香は「かれなで匂へ霜は置くとも」とあるだけに、早くすがれてしまうらしい。それだけに愛着が強い訳である。「移ふ菊のこ紫」とあるを推し量れば、苦甘辛と香気の進展する具合が後ほど華やかとなるか乃至は特異の風味を発揮して、発揮したかと思うともうすがれてしまうに違いない。そんな感じは甘が中程に入っ

ているからでもある。何分本香は樹脂の少量なものであろう。念のためにいうが、香を炷くのは火に直に燃やすのでなくて、銀葉（雲母の板）の上で熱しその樹脂を揮発させるその匂いである。だから揮発成分が沸点の低い成分から高い成分と順次に薫り出す。それが本香は他に比して早く出終ってしまう訳。歌の意、香の内容、ともに合致したいい銘である。

四、「いにしへ」伽上、甘苦鹹小酸　類題集、春　耕雲

たち花の小島に匂ふ山吹はたがいにしへの袖の名残ぞ

伽羅としては有り得る四味。四味がそれぞれ感じられて出て来る香は中々珍重すべきものである。これだけの味を感じ通す迄には相当な分量の情が湧き出る筈である。それを「たがいにしへの袖の名残ぞ」と持ち出して来て、そこに複雑な情緒を聯想した。その複雑な情緒情調を己が一身に具有している橘の小島の山吹、今匂うているその姿は凡てのそれらを思わせぶりである。丁度本香がそれに似て、匂うその香は、やさしく位ありたおやかにして優美である事から、品ある人の心尽しの袖に想倒せしめるのである。甘く出て幾変転、最後をちらっと酸さで切り上げたところなど、豊満から名残を惜しむ情にふさわしい。歌はよくこの香味を説明しているではないか。さて銘である。「いにしへ」とつけるか、「袖の名残」とつ

けるか二つに一つである。「橘の小島」「匂ふ山吹」では長過ぎる。「袖の名残」とつけるも亦よい銘である。ところが他の香でこの銘がある。思いつきの参考ながら袖に関する既存の香銘を挙げれば

袖　袖の雲　袖の春風　袖の匂　袖の香

袖振山　袖の追風　袖の白露　袖の雪　袖の名残

「袖の名残」の銘香は、生憎この耕雲の本歌と同一のもの、一つの歌にして香二つにつけられた珍しい歌である。然らば本香は、この点からしても「いにしへ」より外なし。その先後は遺憾ながら不明であるが、何れにしろ、本香は「いにしへ」でも結構であると思われる。考えようによっては、袖の名残など何となく既知的な言辞であるに対して、いにしへの方は生の感じがして、却って面白い。意味が一見漠然としている欠点はあるが、漢字で書かないで仮名で書けば、（現にさ様書いてある）何だか其処にその欠点を見逃してよいだけの味わいが存しているのである。

次には、羅国について。

一、「池水」　国、辛苦　類題集、夏　政為

池水はかをる菖蒲を心にておのがさつきを幾代へぬらむ

羅国はその匂いが鋭いものである。苦味を主るものではあっても伽羅のそれと違って辛味が相当の強さできいているのである。大体羅国は苦味の前後に辛味があるのを常とする。さなくば酸味であるのが普通。揮発力が旺盛であると見えて自然強烈感を伴う訳。本歌の題は古池菖蒲というのである。歌は随って池水とあやめとで出来、薫る菖蒲が中心となって、池水はその薫る菖蒲を焦点として周囲に拡る光芒の如きものとして書かれている。然らば香の方でどうか。さぞ辛苦の発揮に於いても一刻強烈に匂い出す時があって、その前後が恰も準備の如く恰も結末の如く稍々時を持って匂うているのであろう。それで本歌の如き着想の下の歌が選ばれるに至ったのであろう。銘とするにはこの歌の中では「池水」か「おのがさつき」かの中である。どちらかといえば先ずこの「池水」であろう。

二、「紅梅」　国、苦甘辛　源氏物語、（紅梅）

心ありて風のにほはす園の梅にまづ鶯の訪はずやあるべき

これは銘として珍しいものである。第一、歌の中の詞ではなくてその意を酌んだ名を以っ

てした事である。次に、この歌そのものがさほど本香そのものを説明している如きものではない事である。本歌の意は、風を紅梅自身に、園の梅をわが娘中の君に、鶯を匂宮に譬えて、中の君の所へ匂宮の来遊の程を希望したのであるが、そんなところはこの香気と何の縁もないようである。ただ風と園の梅と鶯との聯関に於いてこの香の持つ味が偲ばれるだけである。尤も歌の本意を酌んで「折角のこの香気、一度尋ねて来て聞いてください」とでも言って誇るに足る香だというのかも知れない、それで殊更に銘を歌から取らないで全体的な題目として紅梅としたのかも知れない。然しさ様な事は香銘の純真からは横道のことである。「この梅が香にも勝る香気、鶯も惑うて訪ね来る」程の名香だという意図から、そしてそれが梅の香に似て鋭く強く而も濃く炷き出されたであろう点から飛躍的な名「紅梅」としたのであろうか。とにかく本銘は解説的でなくして情調的観賞的である。か様に相成るのも、本香として始め苦終り辛の中間に、気分を漂わす甘味が介在する事に基因していると見られる次第である。「紅梅」とだけ単に取り上げてみると、例によって一寸概念的である。「園の梅」の方がまだ気がきいている。然しこれも亦同一歌にして別の銘香「園の梅」がある（遺憾ながらこれは高貴の御方の銘でありながらその六国に味が不明となっている）。致し方もない話。

三、「たび衣」国、辛苦　続千載集、羇旅　寂信法師
旅衣暁ふかくたちにけりはるかに来ても逢ふ人ぞなき

大概の銘は四季恋雑の中から取っているのに、これは異例旅である。珍しい着想である。「ふかくたちにけり」は香が深く立つ事にも当る。即ち、始め辛味で刺戟が強い。それから苦味がずっと続いて現われる、強く鼻をさすところから始まるのを「深く立つ」と感じられた訳。「はるかに来ても」は苦味が相当長く持ち続けるところを意味する。「逢ふ人ぞなき」は、しんみりと香が続いて少しの煩もない錯雑もないこと、苦味一味で終ることを示しているものと考えられる。然らば本香は実に素純な香と言うべきである。銘としては「旅衣」か「はるか」であるが、「旅衣」の方が通俗的ではあるが、却って何彼と思わせぶりもあり求道性もあって宜しい様である。

次は、真那賀である。

一、「きさらぎ」賀、鹹甘苦　玉葉集、春　深心院関白前左大臣
ながめやる四方の山辺も咲く花の匂ひにかすむ二月の空

真那賀は、匂い軽く艶にして早く香のうするものが上々とされている。樹脂の軽少にして然しながら妙麗なところがあり、随って早くすがれてしまうものであるをいう。苦といえども辛酸といえども強烈ではない、甘味が相当にあって柔らかさを加え、早く失する故に余情を多分に含んでいる。本香は鹹が一瞬準備となって甘味苦味と矢継ぎ早に出てしまう事になる。「咲く花の匂ひ」がポーと匂ったかと思えば、やがてそのものは失せて余情の域に消え込んで行く。「ながめやる四方の山辺も」その匂いに「かすむ」ように。それは二月の空の特性でなければならない。真那賀の性質をよく説明した本歌であるとする事が出来る。歌自身が余り刺戟がなくて温和しいけれど、然しそれが却って本香の柔和的特性を表わしたものとも見る事が出来る。銘を如何にすべき。「四方の山辺」とするか「二月」とするか「二月の空」とまでするか。三者を比較すれば「二月の空」とまでするが一番よい。「きさらぎ」でも解らぬ事はない、けれどそうすれば、例の仮名字書にするに限る。

二、「軒端の桜」　賀、ハヤクキユル　新古今集、春　式子内親王

八重匂ふ軒端の桜うつろひぬ風より先にとふ人もがな

本香五味の点が不明であって、そのところに「ハヤクキユル」と解説してある。遺憾なが

ら五味は措く事としてこの「ハヤクキユル」と特筆した点に注意する。全く真那賀の特性が能く現われている本香である。そこで本歌はまた香としては早いというところから取られたものであるに違いはない。色香の説明にはなっていない。移わぬ先に早く味わえと心急いだ型、却って能く本香の本香たるを説明している。本歌としては寔に面白い。さて銘である。「軒端の桜」では十分にこうしたところを具現したともいい難い。さればどうするか。「風より先」とでもするか、熟しない、不充分である。

三、「一二三《うたたね》」　賀イ伽、苦辛　新続古今集、夏　為明

うたたねのとこよをかけて匂ふなり夢の枕の軒のたち花

本香甘味がない。賀には甘が比較的多いのであるが、これはないから伽羅の様にもある。それで「イ伽」とされる訳。然しすがりが早いからであろう賀の方が先に決せられている。軒の立花がうたたねの枕に深く匂い込む、そして幻想の綾として夢心地を美しく織りなして行く。辛味が後になって而も賀の特色たる香に曲あるところが曲折して刺戟する点に「うたたねのとこよをかけて匂ふ」風情を示している。さて銘について。うたたねを一二三と書いたのは、合計六即ちあけ六つの鐘の頃の意。本歌で銘になりそうなのは「軒のたち花」「夢

の枕」「とこよ」がある。然しこの三つ何れも他の香銘にある。それかあらずか本香は初句をとって「うたたね」とされた。蓋し他の銘よりはこの銘の方が意味深長である。

四、「春の夜」　賀上々、甘鹹酸イ甘辛　金葉集、春　長房

　梅が枝に風や吹くらむ春の夜は折らぬ袖さへ匂ひぬる哉

「春の夜」の香銘は嚮に掲げた伽羅にもある。かく同一銘にして異種の香もある参考としてもよろし。「イ甘辛」とあるは、鹹と酸が間なく連続して出る時は稍もすれば辛にも聞きなされるをいう参考としてもよろし。本香は賀の上々である。酸なり辛なりが終る時ぐっと高く匂う、それが「折らぬ袖さへ匂ふ」だけの味をきかせているらしい。そして焼き了った後の余情は相当長く持続するであろう。「春の夜」とは一寸凡であるが、この歌からとしてはこれより外にない。

次は、真那蛮である。

一、「沢水」　蛮上、苦　類題集、秋　実隆

雨ふれば常より増る沢水に匂のふちは藤袴かな

真那蛮は甘味を主るものが多い。それなのに本香は苦一味で珍しい、参考としてよい香である。歌は本香の匂勝れる点を取り上げてのもの。真那蛮は一体伽羅を始め他の列よりは何となく劣っているものとされている。その中に於いて本香は殊更よいというのであろう、「蛮上」ともしてある。銘について見るに、歌としてこれを詠み下せば大変面白うもあるが、雨が降って水量増した沢水は実景としてどうも濁水を聯想する、藤袴の匂いもよいが濁水の聯想で折角の匂いが毀れてしまう。他の列より劣るという事をこんな所で示したものでもあるまいに。もっと外の歌はないものか。それに苦一味というところをもっと注意すれば、何とかもっとさ様な味を見せた特殊の歌がありそうなものである。「沢水」では何のことやら。

二、「時鳥」　蛮、甘酸苦　拾玉集、慈鎮

時鳥ぬれて鳴く音ぞなつかしき匂も雨もたち花のころ

雨中時鳥という題の歌である。歌としては鳴く音が中心である。香としては酸味が中で、前に甘あり後に苦あり。何れもやや長引く味の中にあって酸が一瞬の刺戟をなしている。そこが「鳴く音」の感じに当る。「匂も雨も」は甘と苦とにふさわしい。寔に本歌は本香三味の序を描いて余りあるものというべし。只遺憾とするは、「時鳥」とした銘である。「鳴く音」とするがもっとよかろう。丁度さ様な銘は他にない。「鳴く音」とする方が香としての聯想を刻明にする。

三、「夜半の枕」　蚕、鹹辛甘　類題集、夏　雅世

時鳥人にもつげよ独ねのよはの枕はさだかにぞ聞く

二、と対比して見るがよい。本香は甘味が最後にあって、それより前に鹹辛がある。それが時鳥の鳴く音に相当する。その後に甘味が長引く故に人を誘うところ人にも及ばしめんとするところが出て来る訳。相当澄んだ味がしたであろう、「よはの枕はさだかにぞ聞く」といわれるからには。銘としては、この歌としてやはり「よはの枕」が一番である、香からしてもしんみりとする。

四、「おそ桜」　蚕、甘苦鹹　金葉集、夏　盛房

夏山の青葉まじりの遅桜初花よりも珍らしき哉

甘苦が暫し続いて、苦より鹹に移り、さて本香としての鹹味独特の薫を発揮したものであろう。おそ桜の印象が刻される所以である。そしておそ桜なるものは古来初花よりは却って珍しいものと賞されて来た。この歌は平家物語灌頂巻寂光院の庭のあの名文に取り入れられた懐かしい歌である。「青葉まじりの遅桜」はやはり之も言われざる匂として賞美せられたものであった。本香の味を酌んだ歌として実に当を得たもの。由来真那蛮は伽羅などよりは誠にいやしいとされているが、この香むしろ伽羅よりは珍しい。初花よりも珍しい遅桜真那蛮だ、といった暗示的なるものも直感されて何はともあれ面白い。「おそ桜」とただにいえば、すぐこの歌が特殊的に着想されて結構な銘である。

次には、寸門多羅である。

一、「水」　寸門、鹹酸　続後撰集、春　前内大臣

桜花落ちても水のあはれなどあだなる色に匂ひそめけん

寸門多羅は少い。例に乏しいから一つにする。酸味を主るが通常である。伽羅にまがうところがあるのは、苦味乃至は苦味に近い味がある事と、全体としてなだらかに穏やかに出る

事との為である。本香にしても鹹が苦に近い味で而も全体なだらかに出たことであろう。本歌は、樹頭の花でなくてそれから散った水上落花の匂を本香の恰も鹹酸の味が何処か多味の香の後半分の香りの如き感あるに擬して撰んだものであろう。歌としては水が重要なる役を持っているから、銘も随って「水」とつけたもの。然し香側から見て意味が適確でない。

次は、佐曽羅。

一、「夕端山」　佐曽羅、（五味不記）　続後拾遺集、春　後西園寺入道
風薫る雲に宿とふ夕端山花こそ春のとまりなりけれ
例として前同様一つ。本香遺憾ながら五味の記載がない。記載がないから歌と味と照合するを得ない。歌の題は「羈中花を」。佐曽羅は、匂い冷かにして酸く上品は炷出し伽羅にまごうとされている。古来の名香「法隆寺」（書紀記載推古紀三年淡路島漂着の沈水）が佐曽羅と鑑定されているのである。清澄乃至清楚な感じのするもので、さぞ本香もさ様であったろう。本香で炷出しの伽羅の如き穏やかさがこの歌でいえば上の句に当る。酸味が終りにあるに違いない、その酸味で香気が切り上る、其処が歌の下の句特に「とまり」と印象される

点。而して本香そのものを「花」に譬え、数多香（春）中の勝れたるものと本香を賞した故の歌であろう。「夕端山」という銘。それは寧ろ「春のとまり」とした方が適切かも知れない。

最後に新伽羅を。

一、「浅みどり」　新伽、甘酸イ苦　拾玉集　慈鎮
浅緑春の色ある梢かな待ちえてにほふ花のほかまで

題詞は「建久二年庚甲の夜喜色有花」とある。新伽羅は、実は伽羅であって真那賀に大変近いのをいう。本香甘酸といっても寧ろそれが混和した匂であったかも知れない、だから「イ苦」ともいわれる事になる。「春の色ある梢」が甚だよく匂うが如き情態にある本香。真那賀の特性として早くうすするという事があるにしても、本香は相当脂があるものと思われる。その脂が比較的軽くて寸時に湧き上り、その香りを余分にも手伝ってしまうと見える。それで「待ちえて」と「花のほかまで」との印象を持たしめるようになったもの。銘として、本香気に照しては「浅緑」ではやや弱すぎる。けれどこの歌からではこれより外には適

当な詞も見出せない。

大要かくの如きである。以上は六句列に分類して、その各に属するもののうち五味の多寡によって序を設けて見たのである。本歌を持つものでは、その銘がその香気を代辨しているものが大多数である。その歌を吟味すればその香の六国と五味とが自ずと解説されているが如きものが大多数である。単に高き匂い美しき匂いという印象を以って匂い高きを歌った歌や匂い美しきを歌った歌を当て嵌めただけの事は甚だ少いのである。この類は特に本歌を以ってする時代の中初期に属する事であった。戦国時代以前はこれすらない。香道の大発達してよりは、香銘亦かく匂いの推移と歌の内容とが密接となるまでに発達したのである。古歌を以ってしてはいるものの香気を自ら文学に表現したと言う事ができるのである。

転じて香銘なるものを観るに、その印象して名づけた銘に於いて、人事を以ってしたものよりも自然の世界を以ってしたものが遥かに多い。天象を以ってし、地景を以ってし、草花の名をとり、樹木の名をとり、地名を以ってし、鳥獣の名を以ってしている。その中で、一番多いのが天象と地景である。春夏秋冬の気候の移り変るところ、雨となり雲と走り月の光り雪の降る様、やはりこれ等が彼等の心を一番にひいたのであった。そして又、山の姿野の眺め、浦に寄る浪峯に生う松、そうした地上の動きなき動きにやはり彼等は一番に心をひかれたのであった。我を自然の児として、この我がその自然の懐の中へ歩き索めて行く姿、自らなる一木の香気を心ゆくまで聞き求めていくその姿と、げにも相通ずるところがあるのである。

情の趣くところ己がままなる想像に世界を化して、ここに一つの創作をする。それが勅撰集以下の歌であった。それらの歌が仮令視覚的また聴覚的なるものであったにしても、これを嗅覚的なるものに置き換えて想いを倣す。それが香の銘である。声なき声を感じ、色なきに色を感じ、動のうちに静を静のうちに動を観ず。これが六家集以後の秀れた歌であった。それらの歌が仮令物香を遥かに隔てたりといえども、心香を以ってこの間に会盟する。それが香の銘である

（昭和十八年九月十四日　稿了）

香合の判詞

極く広い意味では、二人以上寄って香を聞き合う事を香合せという。聞香の会をすればその方法がどうあろうと内容がどうあろうと、それが香合である。

然し、それでは余りに広すぎる、局限した意味での香合がある、それを本項に於いては取り扱って見るのである。古来、薫物合と称することと、名香合と称することがある。「香合」と普通称するは、その局限した意味での而も名香合の方のをいうのであって、薫物合の方は別に確と「薫物合」と呼称して名香合の方と区別している。然し本項に於いては、この薫物合と称するものも、明らかに香料を以ってせることであり、且つ又合せるというその趣向に於いて同様のことである上から、本項香合の題目の下に取り扱う事とする。

一

薫物合について。

薫物の持つ香味を競べて特に観賞し合うを薫物合という。歌合・根合・菊合・絵合その他の例は多いが、この薫物合も亦そうした意味のものとして、而もその歴史は古いものである。確たる起原は詳でないが、平安時代初期にこの薫物が出来たのであって、それに踵を接して現われたものであろう。延喜天歴の頃より正歴寛弘の頃に至ってはこのこと典籍によくみられている。源氏物語に薫物合が相当に面白く描かれてもいる。これが一つの形式をなして来たのは何時頃であろうか、遺憾ながらその明瞭なる記載がまた残っていない。今残るもので明瞭なるは、室町時代、邦高親王の『五月雨日記』である。故にこれを挙げて、薫物合の形式並びに内容を、その内容でも国文学面から見てのものについて窺う事とする（群書類従による）。

文明十年十一月十六日、衆議判として行われたもの所謂「六種薫物合」である。香合の方法についてこうある、

「香合の時まづ左右の座上に方人の香畳のこらず香盆にのせてさし置く。さて方人左右に分ち、次第々々に座につく。暫ありて火取に火をとりて香盆にすへもてまゐり、左の座上の人の前に置く。右の座上の人の前へと挨拶す。右の人猶それよりといふ。其時左の座上の人香畳をとり、香箸をぬき、火取をとり、火かげんを見させ給ひて、ぎん（琨）を置き香をつぎ給ひて、火取すへまゐりし香盆の上に置きて、右の方人へつかはす。右の方人座上の人うけとりて、中座に置きて、先ず左右にこれを聞かす。左の方より、すがらぬ先にとく聞かせ給へ、など右の方へ申さる。右の方人、座上より火取をとり聞き

て、次第に末ざままでこれを聞かす。香すがりて、末ざまより又右の座上へ火取を持ちてまゐる。すがりをまた一遍、次第に末ざままで聞きはて侍る。さて又火取に火をとりて香盆にのせ、右の座上へ持ちまゐる。この時は挨拶なく、そのまま香畳をとり、香箸をぬき火かげんを見させ給ひて、ぎんを置き香をつぎ、火取すへまゐりし香盆の上に置きて、左の方へつかはす。左の方人座上の人うけとりて、中座に置きて、まづ左右にこれを聞かす。右の方より、すがらぬうちにとく聞かせ給へなど、左の方へ申さる。左の方人、座上より火取をとり、聞きて次第に末ざままでこれを聞かす。香すがりて末ざまより、又左の座上へ火取をもちてまゐる。すがりを又一遍、次第に末ざままで聞きはて侍る。その時、香の名を、右の方より左へとふ。何といふと答ふ。左の方より右の方の香の名を問ふ。何といふと答ふ。判衆議なれば、まづ香のにほひよしあし、左右互に定め、一番の左は歌合根合菊合なども勝たするを故実なるよし傳へ侍りしかども、近き世よりはさることなし。ただすぐよかによしあしを申さるべし。」

と。左右交互に香を出し又炷《た》いて、一同これを聞き、さてその優劣を判断する訳である。

以下、掲げられたる「六種薫物合」を載せ、本歌の趣を考慮しながら簡単なる評を試みよう。

「一番

左　勝

なつ衣（私註。沈四両・丁子二両・甲香一両二分・薫陸一分・白檀一両・麝香二分）

右

まつ風（私註。沈四両・丁子二両・鬱金二分二朱・甘松一分一朱・朴根二分）

左の薫物の香いひしらぬ匂ひに侍る。遠く薫りすがりまでもなつかしく侍なり。右の薫物の香いにしへの侍従などやうに聞こえ侍り。匂ひすがりまであしからず。然りといへども、左の匂ひには及びがたかるべし。左夏衣は、（私註。壬二集、家隆）夏衣春におくれて咲く花の香をだに匂へ同じかたみに、よろしくも名づけられたりと一同に申す、上手のしわざと申し侍る。右松風は、（私註。拾玉集、慈鎮）住吉の里のあたりに梅さけば松風薫る春の曙、といふにて名づけられたり。梅の歌にて薫物に名をつけたる、いにしへより類ひも多き事に侍る、等類もあるべきと各申し侍りしを、作者陳じ申されけるは、梅の花と申すも梅が香と申すも梅と申すも、ふるき名に侍ればば、それをもとに用ひて、梅さけば松風薫ると申すをつづきよろしきかなと思ひ給ひて名づけ侍るなりと申さる。其時各尤なり、殊の外に面白し、さては名だにまくべきにあらず同じ品なるべし、薫物の香、左勝りたるにより、一番の左勝なりと定められ侍りける。」

とある。左の夏衣は、「いひしらぬ匂ひ」であって殊にはまた「すがりまでもなつかしく」匂うものであった。ところが右の方には「匂ひすがりまであしからず」と消極的な香気しか持っていなかったものである。すれば、当然積極的に賞賛されたる左の夏衣の方がよい筈。そこで、次の問題となるは、本歌の具合でありその本歌のどういう趣の所を取って銘としたかについての事となる。これについて、嚮に載せた香合の方法について叙した文のすぐ次に続いて

「香のよしあし勝負定まりて、さて、香の名の名づけざま、詩歌物語催馬楽管絃の譜やうのものなりとも、取りどころそのよしあしあり。体なきことばなどにて名づくるは、弱きによりてあしとす。左右たがひに、心の底残らずいひて、勝負を究め、香匂ひすがりまでも勝ちたりといふとも、名まけたらば持なるべし。香まけたりといふとも、名勝ちたらば持なるべし。香のよろしきより名のよろしきを誉とす。香より名も相具したらば、いふに足らぬ勝なるべし」

と書かれてあるが、香は少しは悪くても、歌の名どころがよければよい。「香のよろしきよ

り名のよろしきを誉と」しているのである。今一番の左右に於いてどうか。左は「遅れて咲く花の香をだに匂へ」という特にすがりの上々である点を力説して、夏衣とした。洵に「匂ひすがり」の結構であるところを「春におくれる」として夏衣の味を以ってした。成程着想が面白い。右の歌は「梅さけば松風薫る」で移香的存在として松風を持って来た訳。それに「春の曙」的香気も一寸想わせ振りにはしてあるが、何しろ「松風」では第二義的だ。「作者陳じ申されけるは」で理屈がついて、歌としては悪くない事に評議された様にはなっているものの、やはり夏衣には劣るとも勝ってはいない。銘が大切だということ、勿論それは和歌を尊重している事であるけれど、和歌を深く理解しているかいないかである。和歌を深く理解しているかいないかは、即ち情念の深きか浅きかに結着する。情念の深きか浅きかは、結局その人の情緒に於ける人格の高下である。薫物作製の都合で出来不出来も起きる、不図上出来の薫物となったにしても、或は又折しも具合よき薫物を見出して出品しても、彼のそうした人格がそれに伴わなければ本当によしとはいわれない。といったところを狙ったのは実に面白いではないか。そうあるべきである。それを検査するには和歌が最も好都合であったという訳である。続いて

「二番

左　持

やまびと（私註。沈四両・丁子二両・甲香一両二分・甘松一分・白檀一両三分・柏木一分）

右

菊の露（私註。沈四両・丁子二両・甲香一両・薫陸一分・甘松一分・麝香二分）

左の薫物の香よろし、匂ひも強く袖にしみ通るやうにうつり侍る。右の薫物の香よろし、軽き匂ひの懐しき風情あるなるべし。左右何れ勝ると申し難し。左の仙人は、（私註。新古今集、俊成）山人の折る袖匂ふ菊の露打ち拂ふにも千代はへぬべし。右菊の露も同じ歌にて名づけられたり。かく左右に同歌出る事いにしへよりめづらし。名のとり所、右より申さるるは、仙人は菊の露たるべきを、弱くも聞ゆるか。左の方より申さるるは、菊の露はあまりにたしかなり、仙人とり所よろしき名なりといひ争ひ、そのおまし興ありて月傾く程になりぬ。左右の争ひつきず侍るかも、勝まけなくなも。一首を同つがひにとれる事はめづらし。上品の同等なるべきと申定め侍りぬ」とある。これは珍しい事に同じ歌である。さて、優劣判断になって、香気の点からは「香よろし」と共に判定され、左は匂い強く右は匂い軽くの差あれど、夫々の風趣に於いて結局同等。然らば本歌は如何となって、図らざりき同一の歌。ではその名の取り所は如何。片や仙人片や菊の露。左からは右の菊の露を難じて

菊の露はあまりにたしかなり

といった。名づけ方が余りにも露骨であるという意味である。余りにも素直すぎる、旗幟鮮明に過ぎて、含むところに浅く、奥行しさがないという訳。右からは左の仙人を攻撃して

弱くも聞ゆるか

といってどうしても菊の露であるべきだとする。仙人では弱い、即ちもっと強く明瞭に指摘すべきだという意味である。どちらも言い張ったので遂に勝負なしになった次第であるが、之を比べて見るにやはり名を取るは、どうしても上の匂からである。すれば、やま人か菊の露か折る袖かである。が折る袖では、折るの意味が曖昧でいけないから二つに帰する。うち、やま人は一寸明瞭をかく。菊の露では雅味がない。寧ろ左右が反対でこの名が取られていたならば左は、「匂ひも強い」のだから菊の露の明確さでよかろう。右は「軽き匂ひ」だから「やま人」でやや適確性のない名でよかろう。それが反対と来ている。故に何れも難あり。強いてどちらかと考うれば、菊の露は古来からの通俗名であるから、気がきいているのは「やま人」である。続いて

「三番

左

いさり舟（私註。沈八両二分・丁子四両二分・甲香三両二分・甘松一両一分・薫陸一分）

右　勝

さかきば（私註。沈七両一分・丁子二両二分・甲香二両一分・藿香一分四朱・白檀一分一朱・甘松一分・熟欝金二分）

左の薫物の香今めかしう花やかに匂へり。右の薫物の香は何の代にか調へ合せ置けるにや、神さび古き香すて難く聞ゆ。左いさり舟は、（私註。千載集、長能）藻屑火の磯まをわくるいさり舟ほのかなりしに思ひそめてき、ほのかなりしといふにて取れり。面白くも思ひ廻らして名づけられたるかな、艶なる名なり。右の榊葉は、（私註。新古今集、貫之）置く霜に色もかはらぬ榊葉の香をやは人のとめて来つらん、といふをもて名づけられたり。たしかによろしき名なるべし。左艶なりといへども、榊葉は名づけどころ高く聞え、神祇祝の心も自然とあれば勝りたるなるべし。名の勝たるにより、この番右の勝にて侍りけるなり。」（私註。これで全部である）

とある。香気の方は何れもそれぞれで同点。歌の方から、左は面白いことは面白いが、右の方が一層名づけ方に味がある、とした。やはりさ様に考えられる。いさり舟とつけたのは、歌の「ほのかなりし。」というところからだといって、その「ほのか」を直接引っ張り出して名としないで、「いさり舟」とした点は、所謂露骨の見苦しさから離れた味わうべき名付方である。然るに右の方が更に面白いと来た。右の薫物の香気は「神さび古き」匂いがした。それを榊の葉に聯想し、而も古くて今猶すて難く妙に聞き得るというところで「色もかはらぬ」を思い做して、本歌を想起したところは、歌そのものが既に香気を解説しているが如きである。そしてその歌の重点榊葉を以って名とした事は、その名が既に本歌の内容をそのまま包含している上に、例の神祇祝までが序でに想像の中に入って来て期待以上の成果を収めている。当時は神祇、釈教といえば実にいみじくも尊き且つ親愛なるものであった。判者一同之の歌と名とをどんなに喜んだことであろう、それが望見出来る様である。その為右を勝ちとした。即ち歌に於いて勝った訳である。

以上薫物合の型を見たが、味わうべきは銘であるのである。薫物合に於いて、その座に於ける仮の銘をつけるという事は以前にはない事であって、室町時代から見られる事であった。この仮の名が、その薫物の制作者のいわばその香気に対する結論である。判者はその香気を検討して制作者の名づけたその結論的題目がそれにふさわしきか否か判断するという事になる。これが本薫物合の重要なる点となっているのである。制作者は香剤の調合に腐心するは勿論のこととして、それと同等の否それ以上の苦心を歌の上にせざるを得ない。しいていえば、情緒的人格の錬成に努力精励せざるを得ない。単なる嗅覚の芸術に止まってはいないのである。

二

名香合について。そのうち、「志野宗信家名香合」と称するものについて。これは、群書類従にも載せられてあるもの。歌と聯関はないが、その判詞が文学的雰囲気にあるものとして、見るべきところがある故に掲げたのである。例により番に従って逐一

「一番

左　逍遥　清・碣・信・秀・直　肖柏

右　中川　柏・憲　大喝

左の香、さるものと聞えて、荘子の逍遥遊の心まで自ら思ひ出るやうに侍りぬるに、右の中川又はなやかにたち出でて、かの小桂の人の香も推し量らるるやうに各々申し侍りし。さるにこの左の一種はあやしき苔の袂にもてやつしたる匂にて、右には及び難く侍りしを、一番の左なればとて方人いささか数勝り侍りしにや」

先の薫物合の型とは大分違う。勝負は賛成した人数を以って示してあり、香は仮の銘でなしに本当の銘である。(尤も、聞いた後で銘は示すのであるが。)そしてこれこそ第一は香気の優劣である。

名香合は名の如く名香を以ってして薫物ではない。主として沈香である。古来既存の妙香を発する沈香を蒐集してそれに一々銘をつけてあるものを、又新渡来の沈香に新しき雅名をつけたるもの等を、今茲に競べ合うのである。一座互にその香気を味得し合い比較検討し合って、且つは各自聞きの練達に資し、且つはそれによって己が品性を陶冶するにあったのである。薫物合が自分の創作したものを以ってしたのに対して、これは自然そのままの香であるところに違いがある。そしてこの名香合には二つの場合がある。一は前述薫物合の場合と同様な趣を以ってする場合、即ち仮銘を付してそこに文学的解説等の参与をなさしめる場合。一は既往の銘香を名をあらわさないで炷き、後にその銘を示して、その名香の香味観を

いよいよ深からしめるが如き場合である。後者の場合が即ち本項のそれであるのである。これは

肖柏　玄清　大碣　行二　長秀
兼直　元種　盛卿　宗信　祐憲

の十人が各二種ずつ、衆議判であるがその判詞は後にそれらしく修飾して書き、三條西実隆が跋をつけて認めた（清書肖柏）ものである。

左は、「あやしき苔の袂にもてやつしたる匂ひ」として華やかさのない事を欠点とし、中川の「花やかに立ち出でてかの小袿の人の香も推し量らるる様」を美点とした。小袿の人とは、源氏物語の中の中川の宿にある人を想定していったものであろう。荘子の逍遥遊云々はこの香気から推し量られて行くものではない、銘を示されて後勝手に述べられた詞であろう。右の方が香気としては勝れていたが、折角一番のことだから左を勝とした人が多いのだとした。

本名香合に用いられた名香は皆「六十一種名香」の中にあるものばかりである。志野宗信が古来の名香の中から選定して六十一種に限ったものをかく称するのであるが、それ以来この「六十一種名香」は斯界に甚だ珍重されたものである。ところが、その銘の由来を蜂谷宗

因が考究編述したものに「六十一種秘銘」という書がある。（これは江田世恭著「六十種名香総論」には、実は藤野専齋の擬作なりという。）今この書を仮に略称して「秘銘」とだけにして話題の参考に供する事とする。「秘銘」は古来各銘香の由来について伝えられた説を稽え掲げたもので必ずしも一つの定説のみではないが、逍遥についてては

1　本香はその木の如何なる部分を炷くも常に同じ香気を発するところから、恰も天地に逍遥して大悟自在の楽にかたどられる趣を以って、荘子の逍遥遊の心である。

2　奈良法華寺にあったから「川逍遥」といって蘭奢待の皮目である。

3　三條西実隆逍遥院殿の御家蔵なれば。

の三説を挙げ第一を正しとしている。中川についてては

1　佐々木道誉の所持、彼の住居が京極四条で中川は京極の辺りである。

2　唐より中川《チュウセン》という僧の持ち来ったもの。

として同じく第一を正しと見ている。すれば、一はその香木の性質から、一は所持者の居住から。何れも香気からの事ではない。これら名香の香気の解説者としては宗因の前に建部隆勝あり、宗因と同じ頃に玩隠永雄あり。然し余りにもその解説は簡略であり、又極微細の点に至っては同じ銘香でも炷くその時によって違いあるもの故、ただ本香合の判詞にのみよる

ことにして省略する。が、この判詞たる、香気そのものについては多くを説いていない。銘のよるところと香のその気と、もう少しこの両者を聯関の上に於いて眺め、然る上で左右の優劣を記載して欲しいものである。

「二番

左　法華経　二・憲・秀　祐憲

右　手枕　種・信・卿　行二

法華経と號せしこと興ある故にて侍るときき及びし香也。最第一のうへはとかく申し難く侍りしを、右の手枕また艶に面白く朝ね髪われはけづらじとしたひしもさこそはと覚ゆる匂なりき。即菩提の理は手枕にもなどか番ひ侍らざらん。方人ども等しくて勝負定めずぞ侍りし」

「秘銘」は、法華経について

1　経の軸で数八つ有る故に一部八巻に因んで法華経とす。

2　この香木一分の量目で八貫の値するによってかく名付く。

の二説を挙げて、第一を正しとする。手枕については

1　もと伽羅の枕であった故に。
朝ね髪われはけづらじうつくしき人の手枕ふれてしものを
の一説を挙げている。「朝ね髪われは云々」は、拾遺集人丸の歌、題しらず
からである。

二番は左右ともに、香気のことについては何もいっていない。ただ銘に照し合せた上での香気から来る感想だけである。それでは本当の香合としての判詞にはもの足らない。両香とも、どうも、その香の不図した出所からの銘である。経の軸であったから、「即菩提の理」があり、伽羅の手枕であったから「……われはけづらじうつくしき人の……」と感想されるといったことは、如何にも牽強付会である。室町時代の銘は、香気の解説的な銘でなくて、不図した事柄による銘が殆どである。香気自体の変移乃至情態から自ずと感想されて来る「菩提」や「けづらじ」なら実に興趣湧くが如きであるのに、さ様でない点が洵に遺憾である。ただ文章の綾であって、香の綾ではない。「秘銘」によれば、

法華経は　苦甘鹹の三味
手枕は　辛酸の二味

それぞれ味が明瞭に違う。そこをもっと吟味してあるべきである。

「三番
左　漂澪　柏・清・種・信・秀・卿　兼直
右　七夕　二　元種
左の漂澪とかや、立ち様面白く勝れたるよし侍りて、方人もたとしへなく侍りしを、右の七夕も、秋風の涼しき匂にて、年のわたりよりも珍らしきやうになど申され侍りき」
「秘銘」は、漂澪について
1　深さ浅さを分つというこころ、即ちこの香は濃木の所と浅木の所とがあり格別の匂がある。
2　別香銘「難波」もこれと同木であるから、わびぬればいまはた同じ難波なるみをつくしてもあはむとぞ思ふから来ている。
の二説を挙げ第一をよしとしている。七夕については
1　足利義持が七月七日乞巧奠に供香したから。
とする。漂澪は味としては苦甘の二味であるが、濃く出たり浅く出たりして変化に妙がある

とした。そのため「立ち様面白く勝れ」ているとの衆議が起る訳。香としては一種変った趣を持ったものである。七夕については「秋風の涼しき匂」と称して相当賞めている、けれど僅か一人。判の詞としては左右比較して、よい方にはその旨を悪い方にはやはりそれだけ劣れる旨の詞があって欲しい。でなければ優劣の所以に惑うから。

「四番

左　蘭子　柏・碣・二・種・卿・憲　玄清

右　斜月　清・直　盛卿

らんすは名高くしてもとの薫かくれず各々心よせ侍りき。斜月又すごく面白く空山の猿の声よりも感情ふかくなど申し侍りしを、蘭子しもにたちがたくとぞ。」

「秘銘」は、らんすに対して

1　異国より名づけ来った銘であると。唐にて物の匂よろしきを蘭と称し其中でも勝れたるものに子の字を加ふと。

2　唐玄宗華清宮の欄干は沈香であった、その欄に子の称号をしたもの。蘭でなく欄であるべきだ。

の二説、同じく第一を適当と見ている。斜月について

1　別銘香の「月」と同木であって、これは端木で薄い故に月と薄いとを意味して、斜月といふ。斜月とはうすき月なるが故である。

2　建部隆勝聞と申すものに比香不斜匂ふ故に名づけた。

の二説で同じく第一。蘭子に対して「もとの薫」といったのは支那からの元来の薫という意であろう。果たして元来の薫であるかないかはどうして判断する事が出来ようか。判らない。支那を文化の本拠地と考えたり又そうまでなくとも或る憧憬を以って見るときは、「もと」と云う所に一種の快感がある。私は最近ボルネオから沈香を送ってもらって炷いているが、仮の銘を極く平凡だが「ボルネオ」とつけて見て、友人達に聞いてもらっている。「もとの薫」といった感じは何となきあこがれである。さすれば一寸は悪い香でもその故によく聞かれるものだ。ましてやそれがよい香だったら尚更のこと。今この蘭子の場合、聞く時は勿論銘はかくしてある。後で蘭子と解った訳であるが（判詞は解ったその後で書く）、さぞよかったであろう。斜月については「すごく」といった所が中心となっている。この斜月の味は、苦と酸の二味があり伽羅である。一体伽羅としてはすごいという感じは余りないものだが、これは特にその味の酸味がきいていた為であろう。而もそれが細く長く立ったから

「空山の猿の声」云々といわれたもの。感情の聯想としては面白い表現。

「五番

左　紅塵　秀・憲　宗信

右　鷓鴣斑　柏・碣・信・卿　長秀

紅塵空にさへ立ち満ちて類ひなく侍りき。右は名も珍らしく匂もすぐれたり、瀟江の雨の暮に心も至るばかりにて人々感侍りき。然はあれど左はこの道に久しく名をえたる香なれば、みぬ唐の翅にをくれたりとは申しがたく也」

「秘銘」は、紅塵について

1　称徳天皇の御宇之を献ず。東大寺に蔵めらる。紅塵とは皇城を賞して云ふ語。都の塵は紅也と。

2　紅塵は蕁枝の異名。唐の楊貴妃の留香であった。

の二説を挙げている。第一がよかろう。鷓鴣斑は

1　この香木極めて木つきにまだらの点がある。鷓鴣といふ鳥の毛色のまだらによく似ている故。

の説である。左は「空にさへ立ちみちて類ひなく」とあるがそれは塵の字からの事と見るよりはやはり香気のことであろう。右は「匂ひもすぐれたり」という。空に立ち満ちるは香気のことであってその匂いの良否のことではない。右は匂いのことである。それだけに左がまずよかったと見える。左のについて「この道に久しく名をえたる香」というのは、古い時代からあるものではあるが、それよりも名香法隆寺東大寺などと並んで十種名香と称讃して来たものの中に入っているからである。左のについて支那へと面白い聯想が働いているが、これがただの香木色からの名による聯想でなくて、香気の情感から発するのであったらよいのに。

「六番
左　園城寺　　大碣
右　枯木　衆議一同　祐憲
左の園城寺は人を驚かす程の匂比類なくて、三會の暁の空栴檀の香風もかくやと深くめで侍りしに、枯木は又近き世に道誉法師とかやとりわき愛せし香なるべし、いかなる根さしぞやあやしきまでになむ。すでに衆議一同なりしかば申すに及び侍らず。」

「秘銘」は、園城寺に

1　三井寺にある故名づく。一に三井寺とも。

と説き、枯木については

1　佐々木道誉所持の香にして道誉の銘。全体木つき朽ちたる所多し。枯木に似たる故

としてある。共に平凡なところからの銘である。枯木は又古木と書き、例の十種名香の中である。園城寺の方は、後右十種の中にこれが追加されて、十一種名香として賞された中に入ったもの。枯木は羅国であり、園城寺は伽羅である。園城寺は香気について、人を驚かす程の匂比類なし、という。枯木は、「あやしきまでになむ」という。このあやしきまでの方が人を驚かす方よりもよかった訳。而も衆議一同である。珍しいこと。羅国の奇抜性を十分に発揮したと見える、この枯木の苦甘辛の三味の中で最後の辛が妙気を発揮したと見える。園城寺祖師等の弥勒三會の暁を期待したところに持って行ったのは中々面白いが、それにしては枯木の評が大変粗末である。

「七番

左　雲井　直・種・卿　　行二

右　中川　柏・碣・二・秀・憲　　宗信

左たちのぼりたる雲井の名には伊勢の海さへ千尋の底も遥に思ふべけれど、右の中川二度流れ出でしがいといど澄みまさりて黄河の千年をまち得たる心地して侍るとて方人数多になり侍りき。」

「秘銘」は、雲井を

1　火合など少々遠くても近くても殆ど変りない。恰も雲井の大空高く何れより見るも変らないのに似ている。

と説いてある。香爐の火加減など、そして埋火の深浅など殆ど問題なく薫に変りがないというのである。これも一寸珍しいこと。和漢の故事めいたところを以って各々を評した点は面白い。然し例の名からのものであり、又優劣的な評でないところに遺憾がある次第。

「八番

左　明月　清・憲　　元種

右　花形見　種・信　　玄清

明月に花形見のめぐり逢ひ侍りし事は自然の奇特ともいひつべし。春秋のあらそひ分け難かりしとぞ。かの黄門の夢の行衞もかうばしくそをだにのこせといひたりし嶺の雲にや。取々の面影いづれと定めがたし。」

「秘銘」は、明月を

1　銘香「月」と同香で殊に匂勝れたれば「名月」といったものを後「明月」と改めたもの

とある。花形見に対しては

1　この香花やかにしてよろしき香であるが、久しく匂ひ保たない。形見は凡て永く保つものであるのに、花の形見に限って永く保たない。故に名づく。

と説いている。左右同点である。どちらと云い難い。片や秋の月、片や春の花。春秋の争いは、万葉集巻一にある春山万花の艶と秋山千葉の彩とを競わしめ給うた事あるを始めとして降来多く言い競われたもの。この判詞は

拾遺愚草、秋、定家　月清みねられぬ夜しも唐の雲の夢まで見る心地する

同　心のみ唐までもうかれつつ夢路に遠き月の比かな

によったものであろう事と

新古今、春、良平　散る花の忘れつ形見の嶺の雲そをだにのこせ春の嵐

から取ったもの。これこそ香気の内容からの銘であり、そしてその解説的評語として歌の詞が持ち出されている。この判の詞こそ、左右共に面白く描かれ、香気の情感とその文学的表出とがよく調和されたものと云うべきである。

「九番

左　富士煙　二・直　盛卿

右　楊貴妃　柏・清・碣・卿・信　兼直

左の煙は誠に上もなき薫なるに、右人しれぬ深閨の俤にかたぶく人多かりしかど、かぐや姫の形見の煙楊貴妃の羽衣の袂、両朝のほまれいづれと分け難く香厳童子のさとりをも得てしがなと覚えて侍りし。」

「秘銘」には、富士煙に

1　上に立つ匂ひなしといふ縁でかく名づく。

と説き、楊貴妃に対しては

1　この香匂ひ比類なくうつくしく、又聞にこがれたる匂ひある故に。

2　余り匂ひうつくしくて、香爐をはなし難く、香のこがれるも知らぬ故に。

と二説を挙げ、どちらか知らずといっている。これはどちらでも結構であろう。左右共に上に立つ匂いなく比類なきものとされている。富士煙は新伽羅で数多沈香の中では珍しいもの、味は甘酸苦鹹と四味を持っている。楊貴妃は伽羅で同じく四味、ただ出方が一寸違って甘苦鹹辛である。「両朝の誉いづれと分け難く」はその名義に於いてであって、匂いはやはり伽羅の方がよかったと見える。

「十番

左　隣家　柏・直・種・憲　長秀

右　花雪　碣・秀・信　肖柏

左の香ほとりまで匂ひしは狐ならぬ徳もあらはれて珍らしきやうに侍りき。花の雪こそかたののみ野の曙ならましかば彼の三品のたまたま判者にまかりあたる事を例によせてとしるし給ひしまねびをも申したく侍れど方人もこよなく有りしかば力及ばず侍りし。」

「秘銘」は、隣家を

1　佐々木道誉名香を集めた時近隣によく薫る香匂ったので之を求め、そのまま名づけた。

との説を挙げ、花雪には

1　浅く積れど匂ひは深しといふ心で名づけた。

という説を最上として挙げている。花雪に対しこの判詞は

新古今集、春、俊成

またや見むかたののみ野の桜狩花の雪ちる春の曙

から来ている。本香は真那賀であって、真にその特徴たる優麗性をよく発揮したであろうが、隣家の伽羅には勝り得なかったか点が僅かではあるが一つ少い。判詞としては香人の敬愛する佐々木道誉の所持であったところから相当の讃辞を以って書いている。

以上十番で全部。之を総括すれば、判詞ある程度文学的ではあるが殆ど銘から来る所感によってしまって、香気そのものよりの展開でない。名香合でありながら、悪くいえば香銘合ともいう事が出来る様な結果となり終っている。折角の事としては実に惜しい感がここにある。出来得べくして出来なかったこと。まだ名香合としては極く初期の産であるところから、そこまでに至り得なかったものと見るより外はない。

終りに参考のため本名香合の跋文を全部掲げておく。

「文亀の初めのとし五月下の九日、風流の人々夏の日くらし難きなぐさめにとて、薫物合などのためしを思ひ出て、宗信の宅にして、名香の名をあらはさず戦はしめ侍りけるになむ。蔚宗が傳つくり、洪芻が譜をあらはす。共にもろこしの故事より初めて、薫物合はわが国の一つの事業として、その来れる事久し。ここに沈水の一種をもて、深さ浅さをさながらわかち、その甲乙をなづくることは、あがりての世にはいたくもきこえずやあらむ。中比より下つかた、騒人すきのあまり、あながちに劣り優りのけぢめをわくる事になりたるも興ある事に侍るを、今はからずして此一巻をひらき見るに、我もとより鼻孔の指南にたへざれば、その席に臨まざるを恨と思はざるに、初め逍遥より終り花雪の面影までさこそはとりどりの匂ひなりけめと、たちまち聞香悉能知の徳は三日月の前にそなはれりといひつべし。かの兵部卿の宮のしる人にもあらずやと卑下し給へる昔の煙にはたち越えて、心きたなくも見え侍りぬ。判者の詞は、まことにしの葉草のかりそめなるたはぶれごと似たりといへども、まさきのかつら長きもてあそびともなりなむと、鵐鳩斑の尾にかきつきて逍遥遊の筆を残すになむ。

文亀二林鐘下旬　　　　（三條西）実隆　判

とある。歴史がよく示されている。序でながら、この時の判者は牡丹花夢庵肖柏である。肖柏はこの列座の中にも入っているが、うち見るところ文才の人であるところから判者となるも当然に思われる。尤も香に於いては宗信であろうけれど。之には尚、「従関東宗祇之文」として、六月十八日に宗信が宗祇に右の香合をした事を知らせたと見えてその所感的返事を七月八日付志野宗信宛にしたものが附属している（文省略）。

三

「後名香合」について。この香合は、全然香銘を基本にしている。銘を以ってその香気をその様に思いなしての判となっているもの。そしてさ様なところから出来た情趣の優劣を以って寧ろ勝負を決しているものである。かかる点に於いて、これ亦大いに香合史の上で注目すべきものなるが故に、とり上げて見る訳である。

この香合は続群書類従には「某家香合」として出してある。けれど一写本には「後名香合」と書き、又別名として「御香合」としてある。これは志野流の家に伝わったものだから、か様な二つの名も出て来る次第。ところが、続群書類従に掲げたのは、これと比べて、

中の文章は同じであるが
一、序文が一番の中に入っている
一、左右に勝持などの判定がない
一、奥書が何もない
の三つの欠点を持っている。それで、勝持の点は引用文の中に書き入れて行くことにして奥書を先に示しておく。
奥書によると
「右　後陽成院以御宸翰書写畢
貞享三年八月　　蜂谷宗清　判
右名香合之式者文禄四年之比　後陽成院御時代有之候以御宸翰之御記祖父宗清写之所也
元文九年《（ママ）》仲夏日　　蜂谷宗先　判
右一巻葆光齋宗先以遺筆写之者也
明和五年八月日　藤野専齋　判
というのである。奥書を疑えば疑われても来るけれど、先ずこれを以って、本香合の所以を窺うに足ります。一番と三番だけを例にします。

この香合に使用されてある香は、前項と同じく「六十一種名香」の中のものである。前項に於いては「秘銘」から一々その銘の由来を尋ねて見たが、この香合については、その判詞から見るにさまで由来に依っていないところがあるから、「秘銘」に照し合せては見ないことにする。現われたその銘から自由に想像する情趣によるものとして見る方がこの場合痛切であるから。さて、序文から逐一

「如月中の十日あまりなるに、今年は潤月も侍る故にや、花は待ち遠に吹く風も枝をならさずしめやかにて、梅の匂ひのみはそこはかとなく残りたるに、時の好士どもの定めをきたる名ある沈香ども取り出して、我も我もといどみ争ふ事のありけるとかや。

それ香の道たる、天子の位につき給ふにも先づ香をたきて天に告る事あり。一辨を拈ずるにも万歳々々の祝語あり。まして仏に供しては遍満十方界ともいへり。その徳みじかき筆にはつくしがたし。されば治世理民よろづの道に至りて横しまなきを先とせるに、辟邪香といへるぞその理あらはなりける。衆香の中に、麝香にすぎたるめでたき匂ひはなけれど、過分すれば害をなせり。沈香は斤にみちても匂ひをやぶる事なしといへる事あり。まことによこしまなき匂ひは、沈香のみにぞあるべき。この比国の政よこしまなき事をたのしめるあまりに、この勝負を定め決すべしとて、番をむすびてあらそひ

あへる、興ある事とぞ聞えし。然るにこの比この勝負に詞を加ふべきよし、はるかなるこしの海山をこえて申し送られし。もとより二葉よりの匂ひをそなへたる身にもあらず。今はまして死灰朽木になりはててはいなみ申すべきを、鼻根重罪畢竟清浄懺悔の思ひにたへずしてしるしつけり。」

序文はこれだけ。これによって、判詞は後日書かれたるもの、而も左右の勝ち負けは既に決しているその記録を見て詞を加えたものである事が知られる。だから、この詞は現実にその香を聞いていての事ではない、香気は慮外にしてその銘からの趣向による詞である。随って嚮に云う如く、銘を以ってその香気をそのように思いなし、且つ決定されてある勝負の事実に照して左右をそのように表現したものであるのである。

「一番

左　法華　　勝

右　千鳥

左その名をうちきくより、随喜の功徳増長し罪過の鼻根清浄となれり。これにたちならぶ事あるまじく覚えしに、雲井を渡る心たかさにや千鳥とてさし出の磯に住むなる、まさしく冬の夜のさえわたる暁などうち聞きたる又なく物あはれなるはこの世の物とも覚えず。かの源氏物語に、なく音さびしき朝ぼらけかなとよめるは、さながら不軽の声にききなせるにや。さればこれも法花をはなれざる心ありぬべし。更におとるけぢめあるまじきにや。されどこの一番に出たる法花最第一に符合せり。よりて例にまかせて左を勝とす」

とある。左に対する評は甚だ宗教的であり右に対するは甚だ古典的文学的である。丁度中世の文化人そのままの風体である。法華とあるからには、法華経八巻を想像して行くこと尤もの至り。それから推して序でに千鳥の方まで不軽の行に縁づけて行ってしまった。我深敬汝等不敢軽慢所以者何汝等皆行菩薩道当得作仏と唱えるに似る千鳥の声。然らば千鳥も法華と同点に見てもよいが、さて例によって一番なる故左を勝としたとするところ、想像の持って行き方が注意に値する。千鳥について、さし出の磯は、

古今集、賀、読人しらず

塩の山さし出の磯にすむ千鳥君が御代をば八千代とぞ鳴く

からであり、なく音は

源氏物語、総角巻、薫

霜さゆる汀の千鳥うちわびてなく音悲しき朝ぼらけ哉

で、その歌の中に常不軽の声を擬しているのである。

「二番

左　日かげの花　　勝

右　立舞袖

左日かげに咲きたる花は、盛りも久しくみるべきにや。又千早振神代をかけたる日かげならば、世にたぐひなかるべし。右はわが切に思ふ人の立ちまふ袖にならべては、心もとまりぬべきを、かの五節の小忌にあへる人々の神々しきすがた思ひくらぶるに、天てらす日かげのかつらに心はひかれたり」

左が勝っているからその故に左を強いてよからしめた様な文である。

「三番

左　木からし（私註。枯木と同じ）持

右　あやめ

左朧月夜の内侍のかみのおぼつかなさのころもへにけるといひ、狭衣の中将のかかるこひぢと人は知らぬにといへる、同じ程の思ひにや」

左は、源氏物語榊の巻の

木枯の吹くにつけつつ待ちし間に覚つかなさの頃もへにけり

右は、狭衣巻一の

うき沈みねのみながるる菖蒲草かかる恋路と人も知らぬに

何しろ左と右とは持である。それから考えて、同じ切なき想いを、木枯と菖蒲とに就いて探し索めたものである。随ってこの点ではこれ以上の解説は必要でない。ただ別の事であるが、当時引用する歌は勅撰集が大部分を占めたものであるのに、これは源氏物語と狭衣、とくに狭衣などにも留意しているという事実は注意すべきことである。

「四番

左　真芳野　勝

右　八重がき

右八重たつ出雲の昔は人の世となりての三十一文字のはじめなれど、今の世にははにほひなし。みよし野の花の雲は八重にたちまさりぬべし」

八重がきが、八雲立つ出雲八重垣の神詠から出たものであるとの説は一般であるが、それを負になっているから、「今の世には匂ひなし」と古くて用に立ち難き方にとってしまった。当時は歌界に於いても其他文化に於いても万葉以前のことは殆ど引出たない風習であったから、記紀の歌に至っては「にほひなし」的に視る事の方にも役立った訳であろうが、それよりもこの場合としては、負なるが故の牽強に解される。負なるが故の牽強に歌を以ってしたところは、何事につけ、歌というものが如何に尊重せられていたかを知るに足るのである。

「五番
左　すま　持
右　ありあ明
左はかの行平の中納言のもしほたれつつといひし浦風に、思はぬ方までたなびき薫じたらん煙の外に、あり明のさりげなく出たるけしき、たちはなるべきものとも見えず。ならべて見るべきにこそ」

古今集、雑　在原行平の歌

わくらばに問ふ人あらばすまの浦に藻しほたれつつわぶと答へよ

による。これは両方同点。須磨に有明の月とは、丁度ふさわしい情景。折しも持であったところから、「ならべて見るべきにこそ」と判じた。この両方のつなぎとして、たなびき薫じた煙といった点は、須磨なる香に対しては似つかわしい言い方である。有明の「さりげなく」といったのも亦その香の立ち方も偲ばれて、この文相当香合の判としては考えて作られたものというべきである。

「六番

左　盧橘

右　老《臘トモ》梅　勝

左ろきつといへるにや。司馬相如が上林の賦には、広橋の花たちばな夏熟せりとあり。又の説には盧橘は枇杷をいへりと。この名うちまかせては、はなたちばなとこそ申すべき。こはこはしくいへるは枇杷にてこそあるらし。載叔倫が盧橘花開楓葉衰、出門何処望京師と時節の景気をありありとつくりしにも又あはれに物さびし。右らうばいは、黄魯直が天公戯剪百花房、奪尽人工更有香、この詩は心のたくみたぐひなきにや。花の様もこまやかなれば勝とす」
両方共に支那の詩に持って行った。一寸趣をかえて評をして見ようといった心から出た事であろう。両詩共に賞めてあるが、別に大した文句でもない。殊更支那の詩など持ち出すにも及ばないのに。妙なところに理屈をつけて勝たせてある。

「七番
左　八はし　勝
右　しののめ
左長々と来ぬる旅の道などには、一炷煙中のなぐさめにしく物あらじかし。右しののめ、己がきぬぎぬの思ひのながめすてがたきをしばし押しこめてなむ」
しののめは、匂いほのぼのとして段々明くなって行く情景をいったもの。それを衣々の別の情調に想いを馳せたものである。然すれば甚だ面白くなって来る。捨て難き味わいを呈して来る。が右は負である。仕方がないから「しばし押しこめ」てしまった訳。八橋の方を勝とする為の文章としては少し意が弱い。只一炷としたところに掬すべきものが僅かに存する。

「八番
左　似たり
右　みそぎ　勝
左昔殿の高宗伝説にあひて、これ似たりとありし詞もかしこく思ひよそへられけり。右のみそぎに塵がましき胸の内もはらへきよめ侍らん。香の煙ぞいくし立てたるはらへなるべし。勝とぞ申すべき」
似たりを支那の故事にまで索めて行き、而も大した事でもないのに、敢えて「かしこく」とまで思うのは、ちと如何わしい。然しそれもその当時の好尚と見れば、それも致し方はない。右みそぎをやたらに敬遇してある。これも文辞上からもっと勝なら勝の所以を縷述し得なかったものか。

「九番
左　うたたね　持
右　たつ田
左かの夢てふものはたのみそめてきといふ。夜半にや君がひとりこゆらむと思ひやらる。いづれも独居のおもひのたへがたきにや。なずらへて持とす」

左の歌は、古今集恋の部小野小町の

うたたねに恋しき人を見てしより夢てふものは頼みそめてき

右の立田に関しては、伊勢物語にも大和物語にもある

風ふけば沖つ白波立田山夜はにや君がひとりこゆらむ

からである。この歌の様に想像して行けば左右ともにあわれ深うに感じられて、取り上げてどちらをという訳にも参らなくなる。うたたねとか立田とか、共に想像すれば豊富なるものがあろう、それにしては本番は呆気なくとり片付けられている。続群書類従のはこの第九番がない。なくて代りに第十番の内容が書き込まれている。それで続群書類従は全部で九番となっている、如何にも誤り。

「十番

左　しほがま　持

右　夕づく夜

左しほがまや、わがみかど六十余国のうちに似たるもなき所の様といへれば、言葉を

つけて申しがたし。されど雨気などありて物むづかしき空の、にはかに雲晴れて風少しうち吹きなどして、はれやかにさし出でたる夕月夜のをかしきは、もろこしかけてもおもひながされ侍り。このつがひことによき持なるべし」

最後の番である。これで全文終る。しほがまの風光を似たるものもなき所と賞し、夕月夜の面白さを稍文長く称えてある。そして「このつがひことによき持」であるとした。そのことによき持たる所以は、まだ本文には十分に現われていない。何故ことによき持であるか。最後の持であるから、殊更にかく言ったものであろう。折角最後だという自覚のもとであったならば、もう少し力こめた判詞が欲しいものである。

六十一種の名香という既往の而も香人たるもの誰も承知であろう銘香を以って香合をするということ。それだけにこの種の香合は難しいことであらねばならない。それか、既往の銘香でなしに、新発見の香か新渡来の香かで、随って香気は無知のもの銘は新しいものとなると、又別の趣の香合が出来る。然しこうした既往の名香を以ってするという事は、古くさい様で実は香合としての発展である。聞香の観点からする大いなる発展である。新渡来などのものならば、又その他雑多のものならば、有り合せのものとして簡単にもこの会が出来るのであるが、六十一種名香より選んでの香合となれば、そうた易くは出来る事でない。聞香の練達の士でなければ、合せるにはあたら惜しい事であるし、又折角しても十分なる甲斐のある事でない。か様な意味に於いてこの六十一種名香を以ってする香合は、香として大いなる発展であるし、聞香からもおろそかには聞き捨て得ない難しい事となるのである。香味探求への名香再認識であり、又自己鼻識の究竟的再検討というべきであって、聞香の蘊奥を究めんとするに最も近き道であるとする事が出来るからである。

故に、判の詞も、十分なる用意と正確なる鼻識のもとに書かれなくてはならないものとなるのである。

（昭和十八年十月八日　稿了）

組香の文学性

先ず組香の構成及び種類について。

一箇の香木を炷《た》いて、その香気を感得鑑賞するのではない。又平安時代に盛に行われその後ずっと後々までも伝えられては来ているがあの薫物の如き煉香を以ってするのでもない。所謂香木を二種類以上、通常三種類から五、六種類まで、そのうち各種類についてそれを数箇ずつ、総計十箇前後のものを、継ぎ継ぎに炷いて、その色々に出来る順序によって、その炷かれ行く香気変化の妙を味わうのが組香である。かく言っただけでは、まだ十分でない。炷合という事がある。それは、一つの香を炷くと、次にその香気に最も聯関的な風情のある香を次の人が炷く、かくして順次に進む、というのがある。また、炷継といって、炷合まではないが、前に炷いた香に対して、その風情の名残惜しみとして、それに最もふさわしきを次の人が炷き継いで、聞きに供するというものである。これらを除外しなければならない。それで、組香とは、一座の人々に同一の香元が継ぎ継ぎ炷いて行って、これを聞かせ、聞く人は、最初の香から最後の香に至る迄を、その一々の香気を味わいながら、然も特には、それら香気の一聯の変化過程の妙を味って、結局この組香全部を一つとして把握する、さ様なものであると云うべきである。だから、この組香の組香たる存在の理由は、香りのリズムを感得する即ち動的把握をするところに存する訳となるのである。ただ一つひとつの香を、たとえそれぞれ違った香気を持ち又違った銘をつけてはいるにしても、度数として八度聞いたとか十度聞いたとかの箇々のものではない。

そこで、これら数多の香を組み合せるという事に注意が向けられる。いい加減にするのでは、組香の意義がない。先ずこの組香を行おうとする時は、その組香の内容にふさわしき香気を持った香を選定する。選定した数種の香を、今度は、甲種を幾つに、乙種を幾つに、丙種を幾つにと、分割すべき夫々の数について頭を遣う。どれもが同じ数では、完全なる組香は組めないから。かくて出来上った一定数を以って組香はここに始められるのである。

組み方を大別すれは

1　任意に組み合せるか

2　故意に組み合せるか

である。任意に組み合せるといっても、ただいい加減にあり合せのものを勝手に並べたのではない。嚮に言った如く、それまでの用意は肝要である。例えば、五種の源氏香をする、源氏物語の意向が出来る限り表わされる様なそれぞれ適当なる香種を選ぶことは、これ肝要なるものである。系図香にしても同じこと。その五種を各五箇宛作り総計二十五箇から、炷くべき必要数の五つを取り出すことが、任意である事である。されば、任意という一つの趣向である。大きく見れば、それも故意の中でもある訳。故意に組み合せるとは、その組香が、譬えていうと物語的に進行する内容を持っている、するとその物語に都合のいいように、始めから何種と何種とを抱き合せ、その時は幾つにし、この時は幾つにする、などと態と規めてかかる事をいう。一組香を、或部分は二炷聞にし、或部分は三炷聞にしたり、又は何節にも区切るとか、又は殊更に残して置いたのを後になって炷くとか、色々なる趣向技巧をこらしたものである。

一組香使用の数は、なぜ十箇前後であるか。種類ももっと沢山八種も九種もいやそれより多くも使い得られる。もっと同一種で数も多くし得られるではないか。そして遥かに複雑なものが出来るではないか。けれど歴史的に十種を超え二十箇を過ぎて組んだものはない。十炷香と称して、四種十箇で出来た組香が基本的なるものとして扱われている程であって、聞く上の心の緊張から時間の点から、余り多くてはやりきれないのである。やっても無効に終る。実際としてやはり十箇辺りが適当だ、余り多くては芳香を味わい組香の意図を忖度するなどという事より頭が痛くなってくる、それでは甲斐もない。

任意に組み合せたものは、いわば偶然の所産。聞く側は、その偶然なるに己れの自由なる想像を以って解釈して行く。故意に組み合せたものは、その内容が豊富であるだけに、段々に区分られがち。そこで聞く側は、その最初の段の把握観を基準にして第二節の構成を観得し、かくして第三節以下に及ぶが如きであって、前者を譬えて単文とすれば、これは複合文乃至は単文の連続たる長文章という事が出来る。複雑なる内容的進展を持たせるはこちらの方がかく適当であるによって、文学的なるものは比較してこちらに多い。

ざっと以上で構成を見て、次にその種類を。組み方の技巧的種類とか、繁簡の形式的種類とかでなく、盛られた内容の種類を見るに、

1　詩的物語を以って組んだもの
2　故事伝説を以って組んだもの
3　花鳥風月草木等物象を以って組んだもの
4　名所旧跡等を以って組んだもの
5　出香自身の順列によって組んだもの
6　その他雑

と分類してみる事が出来る。この内、詩歌物語を以って組んだものが、群を抜いて多い。漢詩文もあるけれど、国文学に関するものが殆どである。文学性という事となると、必ずしもこの詩歌物語を以って組んだものに限られる事はない。その他の中にも多々見出される事で

はあるが、何しろ詩歌物語を以ってせるものの中に、やはりその性質上多い事となる。

これらの内容を組んだ組香は、凡そ幾つあるか。八百に近い。同一題名の組香で、内容の少々違ったものは数十あるが、大概は題名によってそれぞれ内容は異なっている。（題名は悉く拙著「香道」に載す）。室町時代に発生して、江戸時代に大発展をした。江戸時代中葉は、組香時代とまで称する事が出来る程、現在組香の有数なるものは出来たのである。

初期の組香は、まだ鼻識を以って輸贏を決する程度のものであった。名目も十分には発展していなかったし判の詞もただ点数を以って示す程度のものであった。それが寛永の頃に至ると、顆しく文学的になってきたのである。以来増補に増補を重ねて天明の頃にまで至る。文学性を発揮して来た組香は、随って、江戸時代のものとなるのである。

◆

組香の雰囲気とでもいうこと。

奈良時代、いやそれ以前から、香気を愛する事はあった。仏教に伴う焼香の事やら、特には聖徳太子の愛翫し給うた事やら、続いて奈良の都では外来の香材で芳香馥郁としていたものであった。平安時代になると、あの華やかな薫物が出来て、その嗅覚的美は彼等の得意とした視覚的美と纏綿して、色の重ねは無論のこと色と薫の重ねとなって華麗なる文化を成就したのであった。それが鎌倉時代へと続く。たとい衰微はしたものの室町時代にと続き、江戸時代に続いている。茲に鎌倉末から、長き伝統の薫物の外に、単一なる香木の香気を愛翫する気運が生じてきた。一木名香を蒐集することから、相ついでこの組香へと進んで来た訳である。

けれど忘れてはならない、薫物は同じくあるのである。薫物が止んで香木になり変ったのではないのである。だから、ここに、かくいう事が出来る。即ち、香木愛翫も従来伝統の薫物的雰囲気（大きくいえば平安時代的文化圏内）の中にあるのである。室町時代の歌壇に於いてどうかといえば、やはり三代集からひいては定家流二条冷泉というところが大綱となって、ゆるぎもしない。連歌など物珍しく盛に起きては来たけれど、それでも柿の本の方が本筋と見られたり連歌の達人など定家以下を尊敬これ措かざる人達である。謡曲でも同じ事がいえる訳で、その文に於いては甚だ古典的である、今までの名文を綴り合せたかの感あるは誰でも肯かれるところ。古今伝授は大きな話題であった。国の学問はここにあるかとまで疑われるほど尊重されたもの。二条派歌道の人細川幽斎は、室町末文学の収約者とまでいう事が出来、彼はこれを智仁親王にお授けして、以後御所にこれは納まった。江戸時代初期から中期へ、公家の人々は御所の風を以って己れのものとするはこれ余りにも当然のこと、歌道乃至文学は、即ちこれ平安時代文化圏である。伊勢物語、源氏物語など、古今集、後撰集以下、定家の風、二条の流れ。それに相沿うて薫物がある。この時に起き又その時に沿うて発展している組香、香人でいえば、三条西実隆から細川幽斎、相継いで御所に出仕する公家の人々、さなくばそれ等の人々と交を結ぶ同学同好の紳士達、いかで薫物的即ち平安時代的文化乃至古来伝統歌道より突飛逸脱すべき。

それで、組香の内容は、その殆どが

1　古典的である

2　物語は、平安時代のものである

3　詩歌は勅撰集及びその周辺の家集である

4　乃至は類題和歌集までの伝統歌人のそれである

という事になる。これが組香の大きなる範疇となっている。

平安時代の文学理念はどうであったか。それは凡そ感覚的なるところにあったという事ができる。感覚的諸素材を自分の趣向によって創造し直すところにあった。奈良時代、万葉集などではそうではなかったものを、支那から所謂花鳥風月に対する見方といったものを教えられて、我もそれに劣らじと一時衰弱したものを奮起一番起き上ったのが古今集である。だから古今集は、万葉調とは大いに違って、花鳥風月の客観詩である。己れの心緒を述ぶるが如き、又自然を視てもその自然を己れの心緒の内に織りなすが如きでなく、いわば客観詩である。けれど写生する如きさ様な客観詩ではない。心緒こそ読み入れないが、自然そのままでなくて、自然の諸素材を勝手に集めてその中自分の好いたものだけを配列し直した、さ様な詩であった。自然のままの枝を挿さないで、切ったり曲げたり継いだりし、そこへ持って来て自分の好いと思う草花を添えて挿す類のものである。即ち彼らの情趣によって化したるものであり、彼らの創作せるものである。その情趣化乃至創作も、あまりに突飛では他人が受け入れない、どういう風がよかろうか、こういう風がよかろうかと、遂に情趣に於ける普遍的妥当的なるものに落ち着いて来た。梅に鶯、橘に郭公の類であって、何にとまろうが勝手なところを、彼等はか様に創り上げて来た訳である。この文学理念が平安時代を指導している。敍景の事なら当然のこと、抒情に於いてもこうした型がある。後世一部の人達は、こうした伝統の歌を以って、極限せられたものと難じているが、然し平安時代のこの事は、我が文学史上実に大なる功績である、文学的大修練の成果であるのである。さて組香のことであるが、組香の内容及び香銘名目判語など、こうした平安時代雰囲気にあるもの、また実に多いのである。

中世の文学理念はどうか。平安時代のそれを受け継いでいる、という事は先ず衆目の観るところである。けれど、時代が進んでいるだけに、進んだところが存している。この事は既に平安時代の末頃には出来始めてきた。それが鎌倉時代に入るやいよいよ盛り上って大きなものとなった。それは何か。ここで一寸中世の思想に触れてみる。

平安時代に於ける社会的地位の世襲による人心の倦怠と、社会状況の無刺激による国民の頽廃と、それ以上の大きなこと国都の未曾有の戦場化に上下悲壮の運命を荷なったこと、それらの事から思潮は変移して来た。大いなる力と共に在らんとし、その大いなる力によって己れの生の安住を索めんとした事。現実途上ただ暗々の暮色に鎖されておのが姿を凝視しては、悠久にして厳粛なるかの如き天地と自分とを緊密に結びつけて、やがて湧き起る霊的生活に彷徨して行く事。時の推移と共に静かにその運動変化の道程を続けている万有、例えば天変例えば地異、これらが一つひとつ彼らに何物かを囁いていると感じられて来たこと。かくて、神と我と、宇宙と我と。彼等は、神の意思を忖度せんとし、宇宙の何であるかを考えようとした。人の生活は彼と我との関係である。けれどその彼に於いて、若しそれが我に如何に現わるるかの彼であって、何であるかの彼でないならば、人の心霊は怡悦充足の感を起さないものである。けれどそれは彼らに於いて、何であるかに近きものであったのである。中世の文学理念はここに発したものである。そこで「幽玄」へと進んで行った。即ち（以下拙著『香道』より）

「幽玄」という象徴の言を以って宇宙無限の絶対へと瞑想を馳せて行った。彼等は考えた、時間は恒に永久に向かって推移しているという事。音楽はそれら音の連鎖の間に於いて始めてその音味がある。丁度その様に単なる現実の個々をただそれの為にのみ追うのであるならば楽の音を一つひとつと同じく、それは意味なき事であるとこれ又彼らは考えている。まことの意味はどこに存するか。それは個々の存在が時間空間に於いて次の存在へと連続する過程を含むところに存するのでなければならない。恰も映じては消え去る連続の過程に於いてそれは完全なる映画に達する如く、生ける世界の意味というものは、宇宙無限の絶対の姿というものは、現実個々の連続推移の上に観ぜられなければならないという処に自らを自覚したのである。

現実個々の恒久の連続推移、そは動きである。それ故に、生ける世界というものは一度その象を示すや、常にそは既にその象を超越しているのである。その故に人々は、生ける世界宇宙無限の意味を知らんとするに於いては、その進動の過程に於いて個々存在の一つひとつを後に残して行くその足跡を辿って、その意味を忖度し発見するに過ぎないのである。まことの意味というものは、げに事物そのものよりは寧ろそれを超えた処に存するのであると考えた。ここに於いて彼等は宇宙無限の絶対、生ける世界の意味への追求者となったのである。

かくて彼等は、眼前の物象を享受し、そしてそれの相対的静と動とに於いて、それを追求憧憬しつつ「無限の全一」に己れを没入して行った、「幽玄」の杖を持って。幽玄の杖をついて今や彼等は、動と静と遠と近と等の境を奇しくも超えて、かつて声なく色あらざりし処にまで「無限」の「意味」を欣求して行った。そして彼等は、荒漠の原野も彼等の魂によってその空寂を見出し、寺院の鐘にも、無限は彼等にとって単なる虚無でない事を知ったのであった。

のである。自然科学の方法に於いては、絶対を寧ろ自己に置いて自然へと進入して行くが、中世流のは、絶対を彼方自分の中に置いて、そして自然と人間との交渉の部面からこれを推し索め而して没入せんとした訳である。平安時代のは、直面せる現実個々を情によって捉えて行く。もののあわれもここからである。が中世は、現実個々には固執しない、その移り行く過程に留意する。幽玄がそれだ。だから時には、眼前何もなくてもいい。虚無も亦厳然たる姿であった。中世文学の粋はこうした処にある。無論、始めにいったように、平安時代のそれを受け継いではいる。が、これだけの進展が見られる次第。一口に、古今新古今の時代といい、また古今新古今の風と、世にいうけれど、ものの見方はか様に違う。

話を元に還さなければならないが、とにかく文学理念に於いては、か様な違いを見せつつも、平安時代から中世へかけては、それでも我が文学史上ひいては文化史上に於いて、大局からすれば大きな一つの範囲である型である。この型に、組香がはめられているのである。随って、組香に於ける文学性は、自ずとこの文学理念の温床の中に培われているものと云う事が出来るのである。

◆

組香自体について。

一体、組香には皆、伽羅・羅国・真那賀・真南蛮・寸門多羅・佐曽羅などと称して所謂六国、之を総称すれば沈香（香道家ではその品質によって「沈」とか「沈水」とかに分けて云っているが、香木たる沈という意味で沈香と云って差し支えない）というものを使う。そしてこれらの沈香には、新しく渡来して間もない様なのはとにかく、みな銘がつけられているものである。然し組香を今ここに行おうとする時は、その組香の内容にふさわしい名に変えてするが普通である。即ち当座の仮銘である。それでこの組香の総記録をする場合には、本来の銘と今当座としてつけた仮銘とを並記するものである。而してこの仮銘こそ、本組香の生命である。その沈香の持つ香気をその仮銘の概念に附合させてしまわなければならないものであるから。それでなければ、その組香が死んでしまう。先ずか様な想いなしを事の出発点として組香が始まる訳である。この香気を仮銘のもつ意味に想いなしてしまうということ、そのことが既に想像の奇しき情緒であって文学的といえばいわれる事柄である。

先ず香組みの簡単なものから順次に進めよう。

一、三夕香

香　三種

槙立山　として　二包（内 試《こころみ》 一包）

鴫立沢　として　二包（右同断）

浦笘屋　として　一包

本香三包打ち交ぜ、その内任意の一包を取り出し炷く。夫々聞きに応じてその歌の初句を以って答える。

というのである。これは新古今和歌集に載せられてあるが、当時の有名なる三歌人寂蓮・西行・定家の歌によったもの。即ち、共に秋の歌で

寂しさはその色としもなかりけり槙立つ山の秋の夕ぐれ　寂蓮

心なき身にもあはれは知られけり鴫立つ澤の秋の夕ぐれ　西行

見渡せば花も紅葉もなかりけり浦の笘屋の秋の夕ぐれ　定家

である。秋の夕暮れについて歌った歌は多いが、この三つの歌それぞれ名歌である。平安末中世初期の文学理念は先ず遺憾なく表されているといっても過言でなかろう。「その色としもな」いところに「寂しさ」を見出しているところ、「花も紅葉もな」いところにあはれを発見したところ、所謂平安時代式な眼前の物象主義的なのとは大した差である。西行の歌とて然り、閑寂のうちに自然の静謐の声を高らかに聞いているではないか。かくて秋の夕ぐれの、否秋そのものの脈搏を彼等は、槙立つ山という手を握って、鴫立つ沢という手を握って、浦の笘屋という手を握って感じつつ、秋の心臓を秋の心の動きを推しはかっている。象徴の語幽とはこの事である。

自然の差しのばした手、槙立つ山と鴫立つ沢と浦の笘屋と。それをこの組香は仮銘とし

た。そしてこの夫々の香木によって、押して自然の持つ深奥なる香気、ひいては霊気を感得せんの意向である。

最初に試《こころみ》として、本香を演ずる前に、この香を槙立つ山と銘じます、と香元からいう。すると聞く側は、その香気をかいで、そこに寂蓮の歌の全意味を想起して、ぴたりとこの香の持つ匂いを当てはめてしまう。かくの如く鴫立つ沢もする。残る浦の苫屋は、香からいえばもう試などしなくてもよい訳。前二者でない香気が即ちそれであるから。それでこの浦の苫屋は本香になって出て来たそのときに、輒ち定家の歌の心境を想い且つ作り上げる事とする。

本香として、たった一つだけする。(時にはその座の興として三つともする事はあるが)。組香としては実に簡単だけれど、然しその含む意味は深いのである。その銘として名付けられた文学的領域を、予め創り上げておいて(試の時)、ああこれがその具象だと該当するその香を指摘するということ、それは一葉落ちて天下の秋を知るの類で、秋の動きはこの一葉と辨えることは相当の文学心がなければ難いことである。話は下に落ちるが、よく香席でこんな人がある。仮銘など少しも念頭にしていない。試として出てくる香を、自分の日常身辺の匂いに持って行って印象して置く。これは蜜柑のような匂いだとか、砂糖のようだとか、佃煮のようだとか。鳴立つ沢もヘチマもあったものでない。その方がその人には、本香の時聞き当てる点が多いのである。然しそんなもので組香はない。さ様な人には組香を聞くだけの能力が附与されていないのである。既成の文学にも詳しく、さらでもまた、文学心ゆたけき事を以って条件とする組香であるのである。

二、山路香

香　五種

行きやらで　二包（内、試一包）

山路くらしつ　二包（右同断）

ほととぎす　二包（右同断）

今一声の　二包（右同断）

聞かまほしさに　二包（右同断）

本香五包打ち交ぜ、任意の順で順次五包とも炷き、聞きに応じてそれぞれ記し、右終って、試とした香の炷燼を又五包とも炷いて聞き、聞きに応じてそれぞれ記す。総記録の終りに、左の歌を記す（記さない場合もある）。

行きやらで山路くらしつほととぎす今一声の聞かまほしさに

というのである。組香としては簡単な部類である。試に照し合せる上に、本香各一つ宛であるから。技巧として面白い事には、炷きがらを炷く事である。これは余り例のない事である。全く歌の趣向をか様に取り上げたもの。

炷きがらとは即ち字の通り、一度炷いたものをいう。普通なら捨ててしまうところ、だからこの場合の香は余程長持ちのするよい香を使うか或は香を大きく切って使うかしないと出来ないもの。(ここで一寸老婆心ながら、聞きに応じて記すのは聞き手個人々々が手元の紙に己が思う様に書いて執筆というその座の書記役に渡す為のものである。総記録とは執筆が書くもので、一座の人々の各自聞きに応じて書いて渡した小記録をこれにうつし取って一覧表とするそれをいう。その総記録に判者が聞きの当否の点をかける。)

本歌の趣向をこの組香の上に翻訳した様な組香である。歌の五包の一々を組香の各種の仮銘としている。この事だけなら、宇治山香とか時雨香とかその他例はあることだが、試を本香の中に再現せしめる事は珍しい。態々一度炷いた香を二度使うという事をしなくとも、包の数を三つ宛にすれば出来るわけである。けれど、それでは折角の歌の意が充分に表わされないというところ。さてこの歌は、公忠集の夏にあって、北の宮のみぐしあげの屏風に山を超ゆる人の郭公を聞きたるところにという詞書がついている。屏風の絵の歌である。「行きやらで山路くらしつほととぎす」で中に郭公のなく音が聞かれないところ、それを香の方に持って来て、一渡り五包を夫々聞くは聞いたけれどなお充分には聞き得られなかった風情にした。「今一声のきかまほしさに」で遂に最初炷いたそれをもう一度炷く。「今一声」のもう一度というところが、即ち炷いたあの香をもう一度炷いて、という事に結着する訳。

傾向としては、嚮の一の敷衍にも当る。一の意図の反復修練に当るのである。

三、歌集香
　香　八種
古今集　二包（内、試一包）
後撰集　二包（右同断）
拾遺集　二包（右同断）
後拾遺集　二包（右同断）
金葉集　二包（右同断）

詞花集　　二包（右同断）
千載集　　二包（右同断）
新古今集　二包（右同断）
本香八包打ち交ぜ、任意の三包を取り上げて炷き、聞きに応じて記す。
総記録には、各自の聞きの下に、その聞き当りたる集の上の句を書く。（三つ当れば三首の上の句）
総記録の奥に、本当に出た香の順に、歌三首を記す。
歌左の如し
（古今集、在原元方）
年の内に春は来にけり一年をこぞとやいはんことしとやいはん
（後撰集、藤原敏行朝臣）
ふる雪のみのしろ衣うちきつつ春きにけりと驚かれぬる
（拾遺集、壬生忠岑）
春立つといふばかりにやみ吉野の山も霞みてけさは見ゆらむ
（後拾遺集、小大君）

いかにねて起くる朝にいふことぞ昨日をこぞとけふを今年と
（金葉集、修理大夫顕季）
うちなびき春は来にけり山河の岩間の氷今日や解くらむ
（詞花集、大蔵郷匡房）
氷りいし志賀の唐崎うちとけてさざ浪よする春風ぞ吹く
（千載集、源俊頼朝臣）
春のくるあしたの原を見渡せば霞も今日ぞ立ち始めける
（新古今集、摂政太政大臣）
み吉野は山も霞みて白雪のふりにし里に春は来にけり
というのである。それぞれの歌の詞書は解説する事を省略する。何れも夫々の集の巻頭の歌であって、立春を歌ったものであるのと、詳しく見たければ巻頭であるからすぐにも開いてみるに易いからである。

この組香は、文学性といっても、古典文学を辿るという意味しか持ってない組香である。こうした事は、例の組香盛なりし時代の一つの典型的傾向のものと見る事が出来るので参考に挙げたまでである。勅撰集をずっと列べた。而も平安時代を主としたものである。三代集以下新古今に至る尊重さといったら実に当時の人にとっては大変なことである。それを香にあやかった訳。一の香を以って古今集を想え二の香を以って後撰集をと、一々の香で夫々の集の全内容に彷徉せしめる。彼等にとっては、これが勅撰集の稽古にもなり復習ともなった事であろう。当りの点数の代りにその集の巻頭の歌を以って代表して上の句だけを記し、最後に本当に出た香の該当する歌を列べて書いて置く。これはただ代表という意味しかなくて、この歌自身が組香の方にそれとして重大なる意義を持っている訳ではない。だから歌としては意義はない組香である。

折角のことなら、古今集後撰集などと集の名を掲げないで、巻頭それぞれの歌から仮銘をつけたらどんなものであったろう。その方が寧ろ文学の境としては味がある。八つの集の歌の比較批判にもなり、鑑賞乃至は歌学の研鑽にもなろうというもの。それぞれの開巻第一という特殊の地位にある歌だから、却ってそこに或種の結論も出て来て面白い事ではなかろうか。

◆

客香の働き。

客香は恰も、主人に対する客の如き香であって、一組香に使用する数種の香の中では、珍重する香である。随って使う数も少しなれば、匂いも亦よい。幾多の香気が組香の運用につれて活動する中にあって、当然この客香が丁度主役の如く立ち働く事になる。その働き具合が、面白い見所となり、如何に働かせるかが組香の組み方の上下ともなってくるものである。ここに二つを挙げて見よう。

一、卯月香

香　六種

更衣　二包（内、試一包）

新樹　二包（右同断）

卯花　二包（右同断）

葵　二包（右同断）

忍音　二包（右同断）

客　一包

客香以外の五包を打ち交ぜ、その中から任意の一包を取って、それに客香を交ぜて炷く。各人は、客香が何れと結び合っているかによって、客という字で書いて答える代りに、次の名を以ってする（結合した他の香は仮銘のまま）

更衣とウならば　ウを　ひとへ

新樹……………………深みどり

卯花……………………白妙

葵　…………………小車

忍音……………………初郭公

（順は何れが先に出てもよし）

而して総記録には、両香共に聞き当った人には、判語として点数で示さないで、卯月叶、と書き、客香だけ当った人には、立夏一、と書く。

というのである。最後の総記録の判語については、後に説く事にするから、今はこれを扱わない。本組香に於けるウの働きだけについて。

先ず、夫々仮の銘をつけたその名は、卯月の頃の特色たる景物である。新樹と卯花と忍音と、これは自然のそれ。更衣と葵と、これは人事のそれ。これで四月の代表的なるものが具足せられた。自然と人間とのこの四月、四月のこの素材的根基に対して或る何物かの力が働く。その力が働いて、それらは一つの形相にと具現せられて行く。その力が、即ちこれ、客香である。

更衣に働いては「ひとえ」となる。冬着の給から単に具象せられて来た。この事は如何に時代人をして新鮮なる感を持たせたか解らないくらいである。喜びの歌は古来何と多いことよ。六カ月にわたる冬着から抜け単の姿を御殿の中街の角野の途にあらわす時を想像するがよい。新樹に働いては、「深みどり」となる。卯花に働いては、「白妙」の特性を発揮する。葵に働いては、賀茂の祭見物の賑やかさ「小車」の櫛比と現われる。忍音に働いては「初郭公」の実体を顕現する。これ皆想像の所産。文字での表出が文学であるとして、香気の表出、乃至は香気での描写、文学とその軌を一にしている。只遺憾とするところは、ウが前後どちらに出てもよいとした事である。ウが後に出た時にこそこの感は充分である。けれど前に出た時は一寸それとは違う観照が起きなければならない。其処を何とか想像考案すべきであった。

二、夏夕香

香　六種

時鳥　二包（内、試一包）
蛍火　二包（右同断）
水鶏　二包（右同断）
夏月　二包（右同断）
納涼　二包（右同断）
　客　一包

客以外の五包を打ち交ぜ、任意の一包を取って、それに客香を加えて二包を炷く。
客香と組んで出たと思う夫々の香によって、次の歌を書く。

（時鳥とウ）
きく度に珍らしければ時鳥いつも初音の心地こそすれ
（蛍火とウ）
暮るるより露と乱れて夏草のしげみにしげく飛ぶ蛍かな
（水鶏とウ）
夏の夜はうたたねながら明けなましたたくひなの音なかりせば
（夏月とウ）

夜もすがら宿る清水の涼しさに月も夏をやよそに見るらむ
（納涼とウ）
夕すずみ身にしむばかりなりにけり秋のけしきの森の下風
そして、ウ香に対しては、ウの前であるか後であるかを示すべく当該歌の上の句、又は下の句を書く。
というのである。歌の出所について先に
時鳥のは、金葉集、夏
時鳥をよめる　権僧正永縁
蛍のは、新拾遺集、夏
元弘三年立后の屏風に、蛍　前大納言為世
水鶏のは、新後撰集、夏
中院入道右大臣の家にて水鶏驚眠といへる心を
道因法師
夏月のは、新勅撰集、夏
夏月をよみ侍りける　正三位顕家

納涼のは、続古今集、夏

杜納涼といふことを　　従二位成實

の詞書と読人である。何れも部は夏の部で雑の部ではない歴々たるもの、而も勅撰集である。

香としては前同様簡単なるもの、然し試が五つもあってその中のどれであるかを聞き分けるのは一寸骨ではあるけれど。聞く側からすれば、ただ二炷だけで、これ又あっさりとしている。

然しながら、例によって、その真の香味、その香味の持つ本歌的想像の領域を感知味得する事は、さ様に簡単なるものではない。

これは前の卯月香よりは、ウの働きについて、一歩進んだ感がある。即ち、試に照し合せ得たものが前に出た時は、それはすぐにそれに該当する歌が聯想されて来て問題はないが、ウが前に出た場合。前の卯月香ならば、ウの名目が短少であるだけに、頭を働かす事も簡捷であるが、これは長く且つ広い。ウが前に出た時は、五つの歌の各々の上の句について頭を働かし巡らさなければならない。「きく度にめづらしき時鳥」の況と、「くるるより露と乱れ」る夏草の様と、「夏の夜はうたたねながらあけ」行く情と、「夜もすがら宿る清水の涼し」き態と、「夕すずみ身にしむばかりな」る境とを、これかあれかと馳せ廻らなければならない。そこにこの組香の狙いがある。次の香が炷いて廻される間に、勅撰集の夏なるものを、限ってはこの五つの歌の夫々の情緒を、今我が脳裏に反復想起以ってそれら文学の境に逍遥するのである。香気とそれらの文学境と、ここに円融して離るべからざる絶妙の域を構成する。かくするうちに次の香炷かれて廻って来る。聞いて直ぐに、どの歌の境であるかが浮き出される、という段取りとなる。

それを、ずるい人ならこうするかも知れない。ウが前に出たと思えば、そのままで聞きすてにしてしまって何も想わず考えもしない。ただ次の香を待つだけの気軽さでいる。次に出た香を判断すれば足れり、それによって歌も書かれ、前に出たウについてはただ上の句を書いておくだけのこと。それでは何もならない。この組香を聞いた事にはならないのである。そんな事ならウ香は要らぬ。ウなしでただ五つの香の一つを聞き分けるだけのこと。それでは組香が違って行ってしまうのである。

ただ香気を聞き分けるだけが組香の組香たるところではないということの、歴然たる証拠はこの組香によく示されている。聞くだけの事ならウの必要性もないのに、ウがあるという点。それは、かく、文学境を逍遥するため、既成文学を感得鑑賞する為であるのである。

かく見てくる時、欲をいいたいのは、ウで情景が決定されるもの働かされるものとの考えを推して、各下の句の何れかの詞をそのウたる使命としてそれを仮銘の方に持って行きたい事である。そしたら、もっとこの組香の全体系が生きて来る。この観点で、仮銘を見直すに

時鳥は、初音と改称したい。

蛍火は、先づよし。

水鶏も、先づよし。

夏月も、致し方ない。ただ月では秋とまがうから。

納涼は、下風と改称したい。

◆

名目の側から。

仮銘の面白さも、さることながら、名目の面白さも一際である。聞き得た香を、その組香の内容上、ふさわしき名を以って示すことである。一つでも仮銘はあるものの又別のこうした名目でする事もあるが、多くは二つ以上の香の結合に対していう。ここにまた文学に関聯するものが多い。然し、本書中前章いろいろの機会に名目について述べ立てた事であるか

ら、これについては、簡単にして置く事にしよう。

一、春陽香

香　五種

春陽　二包（内、試《こころみ》一包）

薄霞　二包（右同断）

初音　二包（右同断）

年　二包

春　二包

（第一節）

春陽、薄霞、初音の三包を打ち交ぜ炷き、聞きに応じて記す。

（第二節）

年二包春二包を打ち交ぜ、その中任意の二包を取って炷く。記すとき

同香ならば、春風春水と記し

別香ならば、年内立春と記す

又、総記録には、右二香が

　同香ならば、出香の下に、次の詩を書き

　別香ならば、記録の奥に、次の歌を書く

今日不知誰計会、春風春水一時来

年の内に春は来にけり一年を去年とやいはむ今年とやいはむ

判語として、全当りの人には、初春叶と書く。

というのである。本組香の場合、第一節に関しては普通であるから今は問題としない。要は第二節の所である。第二節の名目が、文学に関聯する訳である。

年の仮銘香と春の仮銘香とが、同香として現われるか別々に現われるか。それによって名目を違える。即ち、その香気の合成に対して二つの異なる趣を想定するのである。春風春水は詩の一部、年内立春は歌の心を。さてその詩は、和漢朗詠集に載せられたる白氏の詩、府西池の

　柳無気力枝先動　池有波紋氷盡開

　今日不知誰計会　春風春水一時来

から取ったもの。歌は誰も知る古今集春第一の「ふる年に春立ちける日よめる、在原元方」

の歌である。

「年」も来「春」も来るという別香ならば、この歌で概ねよろしいが、年なら年が二つとも出る、春なら春が二つとも出るというのに対して「春風春水」とは一寸如何。勿論、似通う何ものかが二つ重なって来たという漠たる考からは、春風と春水とが一時に来た、というのでよい。けれど詳細に考えてもう少し何らかの風情を考え得られなかったか。

何はともあれ、同香と別香とで異なる情趣を想定した点に於いては賞するに足る。(因にいう。「出香の下に」の出香というのは、総記録をする時に、各自の名を横に列記してその下に各人の聞きを記すが、その前に本香の出た順にその仮銘を縦に書き下ろす、その事をいうのである。)

二、花見香

香　四種

桜　四包(内、試一包)

雲　四包(右同断)

雪　四包(右同断)

客　三包

桜三包を一結、雲三包を一結、雪三包を一結、客二包を一結として、

（第一節）

雲一結、雪一結、客一結の計三結を打ち交ぜて、その中から任意の一結を取り上げ、その結から一包を除いてこれに桜一包を加えて炷く。即ち三炷となる。

（第二節）

他の結（即ち雲か雪か客かの何れか一結）から一包除き桜一包加えて炷く。即ちまた三炷となる。

（第三節）

他の結から一包除き桜一包を加えて炷く。即ちまた三炷となる。

以上各節毎に三炷ずつ聞いたのであるが、この時仮銘では答えないで、次の如き名目を以ってする。

雲雲桜は　林の花。　　雲桜雲は　山家の花。

桜雲雲は　三芳野。　　雪雪桜は　盛り花。

雪桜雪は　嵐の巷。　　桜雪雪は　散花。

ウウ桜は　残り花。　　ウ桜ウは　水上花。

桜ウウは　初花

（第四節）

残り三包の内一包炷き、ウ雲雪の何れかをそのまま記す。

かくの如くして最後に総記録をする時、第四節の香の実際の出方によって、記録の奥に次の歌を書く。

雲ならば、古今集、貫之の歌

桜花咲きにけらしも足引の山のかひより見ゆる白雲

雪ならば、古今集、友則の歌

みよしのの山辺に咲ける桜花雪かとのみぞあやまたれける

客ならば、古今集、興風の歌

いたづらに過ぐる月日はおもほえで花見てくらす春ぞすくなき

というのである。香組みとしては、相当複雑なもの。桜を主体として、その状態を各種の風情に組んだものである。

然し、名目の文学性からいえば、第三節に記したあの名目のところと最後の香の出方によって奥に書く歌とで要は足るのである。雲と雪と桜の情景。その雪は無論のこと桜の遠望の雪とまがうそれをいったもの。この組み合せが、どうなるかによって、即ち上になるか中になるか下になるかによって、その想定がそれぞれかえられる。古今時代の、ものの観方が如何にもよく解釈せられているではないか、最後の三首の歌と照し合せて。

長々と段取りを四節までにもして炷いて来て、さて最後の第四節、たった一つを炷いて、以上の総結末とする。この場面相当の緊張である。貫之の歌の如き情趣か、友則の如き情景か、興風の歌の如き情調か。これも亦大きく見れば、厳たる名目である。

三、楓橋香

香　六種

月　六包（内、試一包）

霜　六包（右同断）

烏　六包（右同断）

漁火　六包（右同断）

鐘　六包（右同断）

ウ　五包

本香三十包打ち交ぜ、その中から任意の十四包を取り上げて炷き、二炷聞とする。その名目次の如く。

月霜　暁　　月烏　夕暮　月漁火　二更
月鐘　夜半　月ウ　歌
霜烏　四更　霜漁火　五更　霜鐘　愁眠
霜ウ　酒
烏漁火　江楓　烏鐘　山寺　烏ウ　琴
漁火鐘　城外　漁火ウ　詩　鐘ウ　到舟
同香　夜泊

又右と前後反対に出る時は例えば
霜月を暁の二　烏霜を四更の二
の如く、それぞれ名目の二と記す。
残った十六の香は不要であるが、これを以って何か外の組香をして興ずる事もある。
本組香は普通十二人を定員とし、二人宛組になって聞く。

というのである。二人宛組んで二炷聞をして行くのであるが、その二炷の中初に出る香を聞く者は何時も初、後の香を聞く者は何時も後の香、とする。そしてその初後の二香で一つの名目を以って答える訳。これが本組香の一つの技巧である。殊更に香の数を三十も作ってその中から十四を取ってするだけ、とは無用の事である様だが、選び出される香が何であるかを一層解らせない為の態とのこれも技巧、何しろ十二人の多勢であるから。

それはさて措き、今の問題とするところは、名目についてである。この名目は、張継の楓橋夜泊と題する詩

月落烏鳴霜満天　江楓漁火對愁眠
姑蘇城外寒山寺　夜半鐘聲到客船

によったもの。それで組香の名は楓橋香とつけられている。仮銘は詩の中の重なる要素を取った。ウについては銘を付与していない、何であろう。それは作者自身に当てている、張継である、結局の到客船の客に通わせて彼自身である。彼たるウが

月と結んでは歌
霜と結んでは酒
烏と結んでは琴

漁火と結んでは詩
鐘と結んでは到舟
ウウとなって夜泊

という名目をつけた。即ち彼が月を眺めては歌い、霜を見ては酒をのみ、烏の声をきいては琴を弾じ、漁火が映じては詩を作り、鐘の音は我が船に響いて、今ここに夜泊する。殆ど詩の文句以外である。例のウの働き。その他に於いて二更四更五更のそれを除いて、詩の中から取った。

漢詩を生かして、名目相当面白い組香である。張継の詩想の中に充分遊び得る組香である。

◆

判語について。

各自が聞きに応じて記し、出したのを集めて総記録となし、判者がその当否の点をかけて、その下に総計何点の当りであるかを書き入れる。ただ数字を以てする場合もあるが、数字でなくて、それにふさわしき詞を以ってする場合がある。その詞を今、判語という。これがその組香の仮銘及び名目と相聯関して、一貫した意味を構成するのである。
だから、その時は、単に当った当らないの成績の標語とだけに見るのは寧ろ軽率というべきである。その人がたとえ違って聞いたとしても、そこにはその人なりの聞き得たる世界があった訳、その聞き得たる世界に対する判者の命名であると考えるべきである。聞香の組香に於ける意義はここまで発展して来ている。注目すべき事だ。

一、管絃香

香　四種

呂　四包（内、試一包）

律　四包（内、試一包）

管　一包

絃　一包

（第一節）

呂・律六包を打ち交ぜ、任意の三包を取り上げ、それに管一包を加えて炷き、聞きに応じて記す。

（第二節）

残る三包に絃一包を加えて炷き、聞きに応じて記す。

総記録に於いて、中段（註、最下段に全部の当否の判語を書く、その上の段の意）に

1　第一節の管が当たり、第二節の絃当らぬ人には

一声鳳管秋驚秦嶺之雲

2　第二節の絃当り、第一節の管当たらぬ人には

琴の音に峯の松風通ふらし何れの緒より調べそめけむ

3　共に当らば、右の詩と歌とを並べて判語を書く。而して最下段には

①　全部当った人には　知音

②　全部当らない人には　無音

③　その他は点数を

と夫々判語を書きつける。

というのである。この組香は二節となし、呂の香と律の香とは、管と絃との香を生かす為の用をつとめているものである。ここで今の問題としたいのは、その判語である。第一節に於いては、特に管の香の当否を注意する。第二節にては絃の香。これが夫々の重点だから、そ

の如何によって詩があり歌がある。詩は、和漢朗詠集の雑に載せられた公乗億の連昌官賦の一部で管の妙音を賞したもの。歌は拾遺集の雑の部「野宮に齋宮の庚申し侍りけるに松風入夜琴といふ題をよみ侍りける　齋宮女御」によったもの。

ここに詩と歌とを比べて見ると、詩の方は管の事はよいが弦の当らないという意味の事が現われていない。歌の方はよく出来ている、上の句で弦を賞している。下の句で「何れの緒より調べそめけむ」で不明のところの意を管の当りが不明であるところをほのめかしているではないか。詩を何とかもっとこの間の事情のよく示されたものに変える必要がある。

ともあれ、聞き手の聞きの状況を文学的感想を以て示すところに、この組香を活気づけたるものがあるのである。これはこれくらいにして次のを。

二、夏月香

香　四種

首夏　四包（内、試一包）

仲夏　四包（右同断）

晩夏　四包（右同断）

月　三包

（第一節）初夏になぞらえて

首・仲・晩・月各一包合計四包打ち交ぜて炷き、それぞれ聞きに応じて記す。

（第二節）仲夏になぞらえて

第一節と同様の事を繰り返す。

（第三節）

前同様の事を繰り返す。

さて、総記録に於いて、判語として

第一節に於いて

1　全当は記録の中段に卯花月夜と書き

2　交当……………雲絶間………

3　無………………新樹の蔭………

第二節に於いて

1　全当……………月前郭公………

2　交当……………雲間月………

3　無……………………五月空…………

第三節に於いて

1　全当……………夏夜霜…………

2　交当……………夕立雲…………

3　無………………雷雨……………

総当は下段に……夏月　全…………

総無…………………三晦……………

又月の香の当りによって、下段総判語の上に

第一節の月ばかり当れば名月

第二節…………十五夜

第三節…………有明

三節とも当れば……短夜月

第一節と第三節と……水の月

第二節と第三節と……不知夜

第一節と第二節と……待宵

というのである。この組香は割合に珍しい形、名目がなくて聞きは仮銘だけで進み、そのくせ判語がかくの如く詳細にわたっている。

首夏に於ける当りの具合による判語、仲夏のそれ、晩夏のそれ。実によく出来た。結構である。文学的想念にこれだけ密接ならしめたのは上出来。惜しい哉、名目が賑やかにあったらよいのに。それも一炷聞であるから凡そ致し方もないが、それならこれを六包の二炷聞にしたら出来た事であろうのに。そうすれば、聞きの概念と当りの概念とがもっと密接になって来る筈である。

この場合の客香たる月の香の当りによる判語は、それに比べて少し出来がわるい。「名月」など秋とまがうし、「十五夜」以下のそれは余りにも通俗的である上に首仲晩の意味が充分には出ていない。但し「短夜月」だけは無難である。

かくの如くして、聞きの当否にまで、組香の内容的意味を延長し、やがて、当否の如何を超えてその人なりに聞いて構想した世界をそのままに生かして行くところ。これを文にしたならば全く文学である。

三、花柳香

香　五種

花　四包（内、試一包）

雨　四包（右同断）

柳　二包（右同断）

鐘　二包（右同断）

ウ　五包

（第一節）

鐘一包ウ二包計三包打ち交ぜて炷き、聞きに応じて記す。

（第二節）

花三包ウ二包計五包を前同様

（第三節）

雨三包柳一包ウ一包計五包を前同様

右、総記録に於いて

1　鐘を聞き当て柳を当てざれば

長楽鐘声花外盡

2　鐘を聞き当てず柳を当てたらば
　　龍池柳色雨中深
3　両種とも当てたらば、二句とも
を書き、座中花の香の当りが多い時は記録の奥に
（註。古今和歌六帖第一、雨、読人しらず）
　桜がり雨はふり来ぬ同じくばぬるとも花の下にかくれむ
と書き、座中雨の香の当りが多いときは同様
（註。亭子院歌会、初春、一番左、伊勢）
青柳の枝にかかれる春雨は糸もてぬける玉かとぞ見る
　と書く。
というのである。香としては、この場合のウ香は、例になく、数も多くてただ背景の役を持っているだけ。主役的なる香は、鐘と柳である。そこに花と雨とがちりばめられている。
　節の進行は、第一に鐘の音を聞き、次に花の情を、次に雨の柳を賞した風体。詩は和漢朗詠集春、雨について銭起の贈闕下斐舎人と詠じた。
　長楽鐘声花外盡、龍池柳色雨中深

の前後を取ったもの。前の句で鐘を、後の句で柳を特に描き上げた。後の句など「柳色雨中深」は第三節雨柳ウの混合には実にふさわしい。それにしては第一節鐘とウだけで「鐘声花外盡」の花が混ぜられなかったのは何とした事か、淋しい次第である。鐘の音をきき花の情を尋ねるところ即ち第一節と第二節を一つに構成する方が、この詩を生かす上にはもっとよかったではないか。

判語はかくて、文学の境を敷衍するに役立った。がここに更に、この組香の総記録の奥書きに示されている様な事が現われているのに注意すべきである。この桜の歌と柳とは、例の如き判語ではないのである。本組香を終った後の判者の感懐である。本組香の聞き全体に対する判者の詠嘆である。花の当りが多い時、あはれと詠嘆されしは、いかならむも「花の下にかくれむ」の歌となる。雨の当りが多い時、それよと詠嘆されしは、春雨かかるを「玉かとぞ見る」歌となる。文学の域に彷徨する者、香を組んで、本組香の如きに至るは寧ろ当然なりとすべきである。

◆

歌が出来なければ組香が行われないもの。

古来組香に限らず香と和歌とは密接なる関係あるものとせられて来たのであるが、これに属する組香の如きはそれを如実に示したものである。香道に在る人達は、これを、香道と歌道との一致とまで考えたのであった。出来上っている実例を見れば、左程まで香道と歌道とが道的に一致しているようにも見えないけれど、然しその意気は賞するに足る。少くとも、香それ自身の持つ香気の情態を文学的に乃至は文学を以って表現せんとしたものであって、他の多くの組香に比しては、慥かに一つの光彩を放っているものと見る事が出来るのである。

一、敷島香

香　五種

仮銘は、その座の臨機により、仮字で五文字になる様な詞を選ぶ。例えば「はつしぐれ」とか「あきのつき」とか。その五文字の一つひとつを、香五種の各種の仮銘とする。以下例えば「はつしぐれ」として

は　二包（内、試一包）

つ　二包（右同断）

し　二包（右同断）
く　二包（右同断）
れ　一包

本香五包打ち交ぜ、任意の順で炷き、聞きに応じて、仮銘を書かないで、その変りに、その仮銘を冠に置いて各々「はつしぐれ」を題とする自作の歌を書きつける。

というのである。尤もこの敷島香は、右の掲げた組み方のが代表的なものであるが、右の如き趣向を以って繁簡様々に組んだ別式のものがある。これは、香としては甚だ簡単なものである。けれど歌を作って答えるというところに面倒な点が存し、而もこの方が寧ろ主となったものである。

自作の歌を以って答える事は、堪能な人であればさ程でもないとして、普通の連中では中々厄介な事である。五文字をそれぞれ歌の冠とする事が一つ、時雨の題でどれもを作る事が一つ。この二の制約の中でしなければならないから。判者は、香の当りの方と歌の優劣とで点をつける。

そのために、ややもすれば、香の当りを主んじているとその順が歌を作るに不便な事が起きる。反対にまた、歌を上手に作ろうとすると実際自分が聞いた通りの香の出の順を偽って答えると都合のよい様な事も起きる。往時実際にこうした偽りの現象が起きた為にこの組香を行う事を中止せられた事すらあった。それでは実はいけない訳。

香気を聞き分け、歌を作り分けるだけの修練が最も肝要、両方に充分なる能力ある人にして始めて出来る組香である。

この組香、ややもすると、即興的に堕する傾がある。真面目さが欠けるかも知れない。何にしろ、仮銘が無意味のものであるから。「は」の香を聞いて、この香気が「は」だと感嘆しても始まらないではないか。もっと一々についても、そこに一つの概念を持ったものでありたいと思われる。次の組香はこの点だけは難なく出来ている様だ。

二、探題香

香種数　不定（一座の人数と同数にする）

人数と同数に各種一包宛。合計して打ち交ぜ、任意の順に炷く。

予め、その一々の香包に、各別の歌題をつけて置く。

聞く人は、炷き出された順次の香を聞き終って、自分の最も良かったと思う香に対して、先づそれが何番目に出たものであるかを答える。しかる後に予め密かに決められてあった歌題を披露されてその人はその歌題を以って自分の良かったと思う香気の程を自作の歌にして答える。

というのである。良かったと思う香が二つあれば歌も二首、幾つでもよい事になっている。又歌題に対しては、勅撰集辺りのを以ってする事になっており、而も組題例えば寄國祝とか歳暮述懐とかを以ってする事となっている。

何事につけ又何人につけ、己が感懐をよく歌を以って現わすという事は、日本に多い現象である。和歌に於いて全く然り、敷島の道とさえ称せられて日本として寧ろ必須のこと、今この事を聞香の上に発揮した訳である。かく良い香気だと思うのに対してその感懐を和歌を以てすること、それこそ歌が立派でなければこの組香の本義が成り立たない事となる。

この場合、歌題は仮銘ではない。この組香は仮銘なし。只序列の一二三などだけ。初めに仮銘としてこの歌題をつけて置いたらどうか。そうすると前の敷島香の様な欠点にややもすると陥る。読みやすい題の方を、偽って香が良かった事にしてしまうかもしれない。それではいけないのである。又題など予めしないで、良いと思う香気に対して讃の歌を作ったらどうか。それでは、ただ一香を聞いているだけのものが数々あるに過ぎない。それでは組香という意が有って無きに近くなる。やはりこうして歌題を後に示すより外はなくなる。そこで聞く者は、良かったその香気を今与えられたる歌題とを照し合せて歌を作る事になる。初め出来上った自分の香気に対する想念が、ここで突如として与えられる歌題によって牽強されるという困難が生ずるけれど、それも亦想いを遣れば出来得ることでもあり一方歌の修練からいえば適当でもあるのである。

組香と文学性、実例的に一斑を示した次第である。最初に述べたところであるが、それは古典に拠るが大部分。古典の文学境を香に於いて説くが如き、又は香気を既成の文学に該当せしめるが如きの類である。香気そのものは、たとえその中に幾多の変化を含むとも、何も文学ではない。然しながらそこに文学的表出を以てし又は文学と関聯せしむるところに、それだけ文学性を持ったものとしてこれを解釈する事が出来る訳。今後に於いては、もっとこれを強力に発現して、以ってこの方面の組香をいよいよ発展せしめる事が望ましい。

註。組香の組み方及び名目判詞等は香道流派によっては多少の相違がある。これは適当と思う方を取った。又記録の方式、採点の如何等については本旨とするところでないから割愛している。

（昭和十八年十月二十五日　稿了）

枕草子と組香

清少納言枕草子を組香として扱ったものは、源氏物語を扱ったものが沢山あるに比べて、実に少いものである。その第一の理由は組みにくいからであろう。源氏物語は、古来最も愛玩された優雅なる国文学であり、人物及び事件が纏まって進展している上に、大概区切り区切りに一定量を持っている。だから組むのに心ひかれ且つ組み易い。然るに枕草子は、内容がさ様でもない。組むべく心ひかれる事薄く且つ又組みにくい事となる訳である。強いて組もうとすれば、それは幾らでも組まれて行くものではあるが、そこまでには至り得なかった。現今知られる組香の数は八百近くあるが、その中で枕草子に関聯しているものは適確には二つである。「清氏四節香」と「清氏曙香」と。何れも枕草子としては、極く特色的な又印象的な所を組んだものであって、典籍から組香を編み出すという点からすれば、素朴的なものという事が出来る底のものである。

国文学界に於いて、甚だ重要視して来ている枕草子。それが源氏物語に比して、香道界にどの程度扱われているかを知らんが為の参考として、取り上げて見た次第である。

両組香とも『蘭の園』に掲げられてあるもの。組香の名目から推して、この組香の作者(不明)は清少納言枕草子は、加藤盤斎の抄か乃至は春曙抄系統の本によっている様である。そしてこの『蘭の園』の祖とすべき人は例の鈴鹿周斎であって、正保慶安の比京都におり前二書の出来た延宝に江戸に出た人。彼此勘考するに、この組香の作者は鈴鹿周斎乃至はその弟子山下弘永又はその弟子栗本穏置か山下一学か或は穏置の門人菊岡房行か先ずこの辺りの人であろう。製作年代も亦延宝以後と見るが穏やかではないか。香の組み具合も相当進んだものである。

◆

清氏四節香。

香組から先にすると

「一春二夏三秋　各三包（外に試各一包）　ウ冬一包

全部十包を打ち交ぜて二包づつ二結、三包づつ二包つくる。そして第一回二包の分を、第二回三包の分を、第三回三包の分を、第四回二包の分をと、四回に炷《た》く。聞いてさて記録にする時は、やはり二炷開きと同じように二箇宛の組合せとして記録する、即ち第二回目の三包のうち中の一包と第三回の三包のうち中の一包とで合せて組として記録するのである。記録の名目は

一一　春の曙　　　一二　紫だちたる雲

一三　雪間の若菜　　　　　一ウ　今咲き初むる花
二一　まつりの頃　　　　　二二　夏のよの月
二三　時鳥の遠音　　　　　二ウ　雨夜の蛍
三一　夕日の山　　　　　　三二　つらなる雁
三三　秋の夕暮　　　　　　三ウ　風の音、虫の声
ウ一　雪のふりたる　　　　ウ二　炭もて渡る
ウ三　すびつ火桶

とする。」

というのである。

組香として之を見る時は。先ず使用する香の種類は四種。仮に春と名づけたもの、夏と名づけたもの、秋と名づけたもの、冬と名づけたもの。そして春夏秋は各三箇ずつで冬は一箇。香の品質としては、僅か一箇しか使わない冬が一番良い香である筈、それで之を客（略してウ）の香にした訳。春夏秋の三種は予め一座の人々にその香気を印象せしめて置くために、試として各一箇ずつ炷いて聞かせる。すればウ香たる冬は、それ以外の香気を持ったものであるから予め聞かなくても、やって行く間に自ずと解る訳だから、試として炷く要はな

い。以上総計十三箇（一箇ずつ各別の紙に包んでいるから、即ち十三包）を使用して、春夏秋は各一包ずつ試として炷き、残り十包が本組香の内容となる。

さてその十包を、混ぜ合せて順序不同にし、任意に先ず二包を取り上げ、次に三包を、次にまた三包を、最後に残る二包を取る。そして今度はこの順に、第一回二包、第二回三包、第三回三包、第四回二包と、（各回の中に於いては順不同）、区切りをつけて炷く。これを二包の時は二炷開き、三包の時は三炷開きという。この四回に区切って聞くという事は、本組香の春夏秋冬という四季を表現したものである。

処が、名目の方を見ると、皆二炷ずつで意味づけてあって、三炷ではない。これがおかしい事になる。普通なら三炷開きにしたものは、三つで一つの意味を持たしめているのであるのに、これはそうでなくやはり二つでしている。その為にわざわざ第二回の三炷の中の香と、第三回の三炷の中の香とを、ここに抽き上げて一つの組みとして意味づける。こんな事殆どない例である。何の故にかくするか。もともと任意に取り上げているものであるから、始めからそんな面倒にしなくとも、二包ずつにして計五結即ち二包ずつ五回にして聞いても同じ事になるではないか。そこに何等の異変も来さない訳である。それを殊更四回で終るようにしたこと。如何にもこれは、四季にかたどった所から来たものに違いない。五回では都合が悪い、而も丁度香もその名をもった春夏秋冬の四種である。尚、進んで考えられる事は、それでは殊更に香十包だからそんな事になるので、八包にしたら丁度二包ずつの四回で具合がよいではないか、という事である。これも一つの問題。なる程それでいい訳である。次項に示す「清氏曙香」はそうだ。けれど本組香の意図を忖度して見れば、こうである。即ち、八包ではやや香が少い感がある、組香の大体基準は十炷香なる十包でするものがあるがそれに準ずるが如くに、普通で而も手頃なのは十包というところである。そうした点から強いて十包にして行おうとした意があった訳であろう。そして又、三包という事を二度もするところに聞香としての一寸した興趣があり、そのまた三包ずつの中から一つずつを別に記憶して別に組み上げるという事に一座競点の際の複雑性があって、座としては一層面白くなるという所がある。そのためであろうと思われる。

要するに、もともと任意に取り上げたものから、か様な技巧をするという事は、内容からすればさ程の意味はない事となる。ただ聞き当てるという聞香上からの興味的意味しかない。それが、任意でなくて、最初から或る意図的方法を以って二包になり三包になり結んで区切って行くという風にすれば、また格別のものが出来上る。その時こそ内容的な即ち枕草子のいう所をもっと生かしたものが出来上るのである。

四度に分けて聞く事は聞くが、また四季にかたどってはいるが、結局は十包二炷開きと同じことになった。で二つずつを組として一つの名目を以って答える。先ず試の時に最初に炷いて一座に示した香気を、春として、春の概念なり情趣なりをそれに因縁づけてしまう。次のを夏として想い込み、次のに秋の情を付託してしまう。以上三つでないものが本香の時出て来たら、ああ冬だ、とその情を起す事にする。そしてそれらが互にどれかと組み合され、二つのうち先になって出たり後になって出たり、かくなる事によって、例えば「春の曙」と感じ「風の音」と想い做して行く。

その想定を然らばどういう具合に配したか。これが大きな問題となる訳である。

そもそも、本組香は、表題を「清氏四節香」としている。枕草子に於ける四季について組んだ香という意。それで使用する香の種類も四種とし、その仮の銘を春夏秋冬とした。尤も仮銘にはこの場合として色々のつけ方はある、只単なる春だとか夏だとかにしないで、春の特色例えば花だとか霞だとかにする事も出来る。けれどとにかく本組香は一寸平凡な銘ではあるが四季の名にした。これもこの場合としては良かろう。何となれば、次の諸名目が出来て来る根元の名であるから。さて、四季について組んだ。それを枕草子中でも、最初の所で取ったもの。即ち、開巻第一の「春はあけぼの云々」から四季の特に面白きを述べた段に次いで正月から四月迄の情景を書いた所を組んだものである。春夏秋冬の各根元的香気が、二つずつ組み合される事によって、その相が色々に表われる。それを本文の中の適切なる詞に当てた次第。だから、その二つずつの香は、炷いて聞く時には一つひとつに聞くけれど、自分でその一つひとつを合せて、ここに一つの相として之を聞き把える事が肝要となる。己が心を恰も清少納言の心となって、春の気はい秋の気はいで、その具現される形相を想定し指摘するのである。

その指摘する詞が問題とする名目。さればこれについて、解説を兼ねて批判を加えよう。

一、一一を「春の曙」とした。一の香は銘香が春である。その春たる一が二つ重なったのであるから、これは文句なしに、春の代表的言辞でなければならない。枕草子の本文に於いて「春は曙」と、もう定義的に言明している。だから一一は、当然「春は曙」とすべく、唯一の名目である。これは良し。この様な筆法で

二、二二の「夏のよの月」を見る。本文は

夏は夜、月の比はさらなり、やみも……

とあって、定義的は「夏は夜」とだけである。月はその夜の中の形相である、闇と同様に。然し「月の比はさらなり」といっているだけ、月が夜の中で第一のもの。故に名目

として月まで入れた訳ではある。然しそれは「春の曙」と対して見る時、月までは不要である。入れて趣はある様で、却って邪魔である。取り所は至当であるがこれが欠点。

三、三三は「秋の夕ぐれ」。秋の重なったところ、これ当然。ウウ即ち冬冬の重なったものはない。冬の香は一つしか組んでいないから。然しこれもよかろう。若しあったとすれば、本組香作者は必ずや「冬の雪」とでもしたであろう。然し序いでながらであるが、それでは具合がわるい、「冬のつとめて」としなければ。幸に無いから問題とはならない。

四、一二を「紫だちたる雲」とした。香は春と夏。春が先に出でおるから、先ず春の領域のものとした。本文中に索めて、やはり「紫だちたる雲」が適切となる。この点ではよし。けれど夏たる香気を如何すべき、一寸曖昧になって来た。二の香気が作用しててそこの名目が出て来る訳であるのに一寸曖昧である。この評は、次々に出るこの種の事柄と一聯する事であるので、後で一括する事にして、とにかく春の域内では本文中これより外にない。本組香では先に出る香でその領域を決めて、後に出る香の如何によってその形相をという方法である。かくて

五、一三を「雪間の若菜」とした。これは大分文章が飛んで、一月七日の記の中で取っ

た。例によって三が秋の香であるところを脳裏に浮べると、これまた変になる。がそれは後の事にして、春の記事から索むればこの「雪間の若菜」もあるし、外には「もちかゆの節供」「除目のほど」「桜の直衣」それに一ウの名目とした「今咲きそむる花」などいったものが成り立つ。然しどれでもいい訳ではある。ただこの事だけは云い得る。即ち、一三は春秋であり、一ウは春冬である。雪間の若菜というものは冬から春の出た最初的なるものである、故に冬の上に春ありという意味で春冬と出る一ウの名目にこの「雪間の若菜」を使いたいものである。この事とすぐ聯関して

六、一ウを「今咲きそむる花」としたこと。折角だから、「雪間の若菜」として、一三の方にこの名目を振り替えたらまだその方がよかろう。三月三日の記事で「桃の花の今さきはじむる」をか様にした。同じ春の領域でもこれは遅い方の事だから三たる秋を以ってして良いことではないか。

七、二一を「まつりの頃」とする。一たる春がすんで二たる夏が出て来る。春の上に夏あり、夏の先ず最初のもの「まつりの頃」は適切である。ただ「ころ」とまでつけなくてもよかろう、「まつり」とだけの方が鮮明であるし諸本によってはこの「まつりのころ」とまで「ころ」をつけてあるものが無いのもあるから。

八、二三を「時鳥の遠音」とした。本文は

しのびたる時鳥のとふ、そら耳かと覚ゆるまでたどたどしきを聞きつけたらん……で独立した言葉でないのを、かく名づけた次第。取りどころにはさしたる異存なし。然し「遠音」などといわなくとも「しのびたる時鳥」とか「しのぶ時鳥」でどんなものであろう。その方が聞えがよい。また意味にも味がある。

九、二ウの「雨夜の蛍」。ウが冬であるところを以ってすれば、例の如く考えさせられるのであるけれど、ウが客香であり即ち一番よい香であるそれが二と合したという点から見ると、夏の情景として第一位的に面白いと思うものに当てるは必然。そんな意味でこれを「雨夜の蛍」としたのであろう。本文で初段の中の詞である。この点で異義なし。されど、ここに大きな事がある。本文で蛍を賞してはいるが雨夜の蛍という事は何もいっていないのである。闇の蛍の情景をのべて、その次に「雨などの降るさへをかし」といったもので、この雨は蛍に関係した事とは解されない。雨は夏の夜という事に関したもので蛍が雨の中を飛ぶのでない。それを本組香の作者は「雨夜の蛍」とした。盤斎抄系のを見るとこうした誤った解にも稍もすれば行き勝ち。不図誤ったのであろう。強いてするには余り押しがよすぎる。語として面白いが、枕草子に則らないからいけない事になる。

十、三一を「夕日の山」とした。これから秋の情景。本文の順に以下出来ている。

本文

秋は夕ぐれ、夕日はなやかにさして山の端いと近くなりたるに、烏のねどころへ行くとて三つ四つ二つなどとびいそぐさへあはれなり。まいて雁などのつらねたるがいと小さく見ゆるいとをかし、日入りはてて風の音虫のねなどいとあはれなり。

で秋の事全部である。このうち、「秋は夕ぐれ」を三三に既にとった。「夕日の山」は本文そのままでないが、先ず無難である。

十一、三二を「つらなる雁」とする。前文に於いて見る如く、これも先ず当然のところ。

十二、三ウを「風の音、虫の声」とする。これも同じく、先ず致し方もなかろう。

けれどここは、風の音虫のねと二つ続いている。どれか一つでもよかろう。二つでは記録に長すぎて却って曖昧になる。強いてどちらがよいかとなれば、虫のねの方がもっと秋を明瞭に説明する事にはなるであろう。が似たり寄ったりである。ウたる客の特異性を示すに果して適当であるかとなれば、このところさ程充分とはいい難い。が外に見出し難いのでやはり致し方もない事になる。

十三、ウ一を「雪の降りたる」とした。これも前と同じように文章の順に以下をしている。

本文

冬は雪の降りたるはいふべきにもあらず、霜などのいと白く、又さらでもいとさむきに火などいそぎおこして炭もてわたるもいとつきづきし、昼になりてぬるくゆるびもてゆけばすびつ火桶の火も白く灰がちになりぬるはわろし、

と。外のが殆ど名詞であるのに、これは雪の降りたる等といって動詞で終ったもの。この点次の「炭もてわたる」も同様。出来る限り名詞として全体歩調を合せたいものである。「降る雪」とかにして。「雪の降りたる」では余りにも無造作である。これでは一つの纏まった想定指摘という事に少し遠い。外のも相当本文通りではなく改造しているところあるに比して、これもそうしたらよいではないか。

十四、ウ二の「炭もてわたる」。丁度前のと同様な感。

十五、ウ三の「すびつ火桶」。これは三ウの場合と同じように二つの事である。すびつだけでよかろう。火桶だけでよかろう、これ等のウが上についている三つ。ウの下にそれぞれ春と夏と秋との香がある。その情趣を汲むときは、もう少し考えた名目が、仮令こ

の様な短い文の中でも、出来る筈である。とにかくこの冬に関する三つは、考え直してもよいであろう。

以上を以って、名目の如何を見た。一括して見るとき、二炷開きで最初に出てくる香によって、春か夏か秋か冬かの領域を決めた。いわば第一香主義である。第二に出る香は実に従の働きしか持っていないで、而もそれが時には無視されたかの如くに、ただ文章中の都合によって配されただけの場合が多い。これがこの組香名目の大欠点である。もっと組になっている二つを互に同権利的に見てその融合する上での名目でありたい。それが本当であるべきだ。そうなると、枕草子の広範に渡った文中から索めなくてはならない事になる。大変面倒ともなり大変難しくなる。けれどそれが本当である。本組香は、その最初の意図は、枕草子の冒頭を組もうとしたものであったではあろう。そして名目に一寸窮したかたちである。

只単なる聞香、というと、この本香十包を試のそれに照し合せて聞いて行き、二つ毎に与えられた名目で答えて、聞き当てた聞き誤ったの点をつけて貰い、甲の人は総計何点乙の人は総点幾つと、それだけで、本組香の能事は終った、と考えるが如き、さ様な意味での只単なる聞香からすれば、名目など一寸度外視され勝ちのものである。けれどもそれでは充分でない。名目こそ最も肝要なるものである。何となれば、これこそ組香の組香たる根基であるから。仮の銘によって、その情景を規定し、その情景の如何なる動きとなるかを本香の組まれて行くリズムによって情感し、そしてそれを一つの想定にと持って行く。この想定こそその組香の組香たる命である。この想定が即ち名目である。だから名目こそ全くその組香の命である。おろそかに考え、おろそかに取り扱うべからず。若しかりに、只単なる聞きの当否を競うが主となる様な事であったなら、始めから組香の題目も要らねば、仮銘も要らぬ。聞香が発達して組香が出来た、発達して出来た組香たるもの、その使命は名目にある。名目が、発達したという事の実質である。

◆

次に、「清氏曙香」を。

「香四種

鳥　虫　木　草　各二包（外に試として鳥虫木各一包）

八包打ち交ぜ二炷ききにして四度にきく。名目は

鳥々　遠音の雁　　鳥虫　山鳥　　鳥木　時鳥

虫々　人まつ虫　　虫草　鈴むし　　虫鳥　ちちよ虫

木々　卯月の楓　　木鳥　五葉　　木草　しげり
草々　かもの葵　　草虫　浅茅　　草木　しげり
鳥草
草鳥　曙　　　　　虫木
　　　　　　　　　木虫　夕暮

聞き手の名を次の如く

　はづかしきもの　　うつくしきもの
　ありがたきもの　　めでたきもの
　あてなるもの　　　うらやましきもの
　うれしきもの　　　遠くて近きもの
　心ゆくもの　　　　心地よげなるもの」

という訳のものである。

香組からすれば、四節香よりは簡単である。香種は四種で同じであるけれど、計八包で少数であり普通の二炷開きであるから。

これには、別に聞き手の名を殊更に書き示してある。これは名乗と称して、組香を行う時には、雅味をつける為に一座の人々の姓名をそのままの露骨さでいわないで、仮にこの席だけの雅名、それもその組香に縁のあるふさわしき雅名を以ってする。これが組香としては極く普通の事である。大半の組香には、その組み方や炷き方などを決めていると同時に、この名乗を決めてある。決めてない方が遥かに少い。組香の解説としては香の事にさ程の関係もない事であるが、この際本組香にはか様に掲げた次第。さてこの名乗を見るに、何々なるもの、で揃えた訳。計十を挙げているのは一座十人迄が普通の席であるところからの数である。少ければ、この中の適当のものを取ればよし、多ければ、それに準じてもっと枕草子中の何々なるものを足してつけたらよい。思いつきは一寸面白い。何々なるもののものが人間の者にも通うところがあって、一座の興として一段の味もあろう。如何にもこうすれば枕草子になり切っていられる感がある。ただ欲をいえば、この名乗が名目の方と密接なる関係がある訳でない事である。他の組香などに於いては、名目の方と実に密接な関係を持った名でつけられたものが多々ある。これが隴を得て蜀を望むところ。

内容から考察して見よう。

取っているところは

「花の木ならぬは」　「鳥は」　「むしは」　「草は」

の四段からである。枕草子本文に於いて、何々は、という文が亦相当沢山にある。色々な方面に渡っている。その中でも、「風は」「降るものは」「日は」「月は」「雲は」などは本組香の中にも織り込んでもよさそうな段である。それを鳥と虫と木と草とで組んだ訳。それでも結構である。この四要素の配列によって、自然の情景を作為しようとする。何れはそこに時の移り、延いては四季があるものとの推理から、名目に現われているが如く、曙を想い夕暮を想った。そして遂に春夏秋冬を想って、枕草子冒頭の「春は曙……」以下の四季の名文に想到し、挙句それを表題として、「清氏曙香」としたのであるに相違ない。本組香作者はこれで、やや全巻に渡る香組とした積りであろう、名目でも四段に渡り名乗で十段に渡り遂に巻頭の文に帰しているのである。一組香としては豊富な内容を持ったものである。

細部に渡って見るに。先ず鳥から。「鳥は」の段に挙げられた鳥は次の様である。

あふむ　時鳥　水鶏　鴨　みこ鳥
ひわ　ひたき　山鳥　鶴　雀
いかるが　たくみ鳥　さぎ　はこ鳥　鴛鴦
みやこ鳥　千鳥　雁　鶯　とび
からす

右のうち、鶯と時鳥とについて最も多く書いている。次に虫については「虫は」の段に

鈴むし　日ぐらし　てふ　松むし　きりぎりす

はた織り　われから　ひをむし　蛍　みのむし
蝿　夏むし　蟻
を挙げて、みの虫と蝿とに多くを費している。次に木は「花の木ならぬは」の段で
かつら　五葉　柿　橘　そばの木
まゆみ　やどり木　さかき　楠　檜
かへで　あすはひ　ねずもち　あふち　梨
椎　ときは木　しらかし　ゆづりは　棕梠
かしは木
を挙げ、そばの木・かへでの木・あすはひの木・しらかし・ゆづりは等が比較的多い方。草については「草は」の段に
菖蒲　こも　あふひ　おもだか　みくり
ひるむしろ　こだに　苔　雪間の青草
かたばみ　あやふ草　いつまで草　ことなし草　しのぶ草
よもぎ　道しば　つばな　はま茅
まろこすげ　うき草　あさ茅　青つづら

とくさ　　なづな　　ならしば　　はすの浮葉
むぐら　　山すげ　　やまゐ　　ひかげ
濱ゆふ　　あし　　くず

の多くを挙げられて、あやふ草・いつまで草について少し多く書いただけで外は簡単だが、珍しく気がきいた書きぶりである。

名目の方に移る。例によって、その香の重なる時はその種の代表的なるものとなる。

鳥々ヲ　遠音の雁
虫々ヲ　人まつ虫
木々ヲ　卯月の楓
草々ヲ　かもの葵

とした。それぞれそのものを修飾していっている。第一の鳥に関していえば、本文で多く書いているは鶯と時鳥の二つで、雁については僅かに

雁の声は遠く聞こえたるあはれなり

とだけの文で実に簡単なもの、よくもこれを取ったことである。本文中の重要性からすれば、これでなくて、鶯か時鳥かにすべきである。修飾は何とでも出来るから。第二の虫につ

いていえば、みの虫か蠅にすべきところである。松虫については何もいわなくて、ただ名だけ挙げたものである。而も作者は「人まつ虫」と人を自分で加えている。これは余り主観に馳せた事で、枕草子についての事としてはよろしくない。第三の木は如何。「卯月の楓」としている。卯月という事は本文にない。そこで本文を見るに、之に当るかと思われるもの二つある、一は

そばの木、品なき心地すれども木の花ども散りはてておしなべてみどりになりたる中に時もわかずこきもみぢのつやめきて思ひかけぬ青葉の中よりさし出でたるめづらし

で、そばの木である。一つは

かへでの木、ささやかなるにももえ出でたる木末の赤みて同じ方にさしひろごりたる葉のさま花もいとものはかなげにて虫などのかれたるに似てをかし

で、かへでの木である。どちらがよかろう。かへでの木については異本異説がある、楓ではない、「かへ」の木だと。ところが作者は楓の字を使っている点から、後者の文を以って之に当てたようにも考えられる。が本文全体の語調から見て、そばの木の方が当っているようにも考えられる。即ち「卯月」という点から、また本文の「時もわかずこきもみぢ云々」の点から見て、前者かも知れない。もっと明瞭な名目であって欲しい。第四の草について、

「かもの葵」とは。本文の

　あふひいとをかし、祭の折神代より……

から、かもの葵と作ったもの。この段で面白く書かれたのは、あやふ草といつまで草である。かもの葵はこれ結構ではあるが余りにも馴れきったもので一寸平凡。この二つの草のうちどれかを修飾して名目とする方が、本文の意にも叶うであろう。

続いて其の他の名目について、簡単に。

鳥虫を山鳥としたこと。鳥と虫で山鳥は変だ。これは鳥や虫が遊ぶ風情にして、名目「夕暮」に入れたらよかろう。この「夕暮」は枕草子冒頭の文中「秋は夕暮」から来た意である。その文中には鳥もいれば虫もいる。

鳥木を時鳥としたこと。これは先ず適切。

虫草を鈴虫としたこと。これもよろし。

虫鳥をちちよ虫としたこと。ちちよ虫は「ちちよちちよとなく」という蓑虫の意。然し虫と鳥ではこれ亦変だ。やはり「夕暮」の中にするがよかろう。そしてちちよ虫は「夕暮」の名目たる木虫の組に名づけるがよい。

木鳥を五葉としたこと。これも考え直すべきである。本文にしても、五葉は名だけ挙げて外に何も書いてないものである。何か木の下で鳥が遊ぶ風情を取るか、乃至は木の下に遊ぶ鳥をいうかにすべし。丁度山鳥が行き場が無くなっているから、山鳥にしたらよかろう。この鳥なら木の下に遊ぶともし得られる鳥である。

草虫を浅茅としたこと。これも色々面白く書いている文中にただ名だけ挙げた浅茅である。外のものにかえるがよい。その下に虫が鳴く様な草か又は草の下でなく虫かにすべし。そうなると草では「八重むぐら」である。虫では「きりぎりす」といったところか。強いてどちらかとすれば、草のうちから取るがこの場合よいであろう。

木草と草木をしげりとしたこと。この場合としてよろし。鳥草と草鳥を曙としたこと。これも本組香として結構である。寧ろかくあるべしである。これは春の曙で春の姿を意味している。

虫木と木虫を夕暮としたこと。これは組がよろしくない。嚮に云った如く、木虫は、ちちよ虫にする。そして虫木は、木の上になく虫を選んで、本文虫の中から「ひぐらし」を挙げたらよかろう。そうすれば「夕暮」には、前々から残って来た鳥虫と虫鳥をこれに当てるべきである。これ秋の姿である。

以って曙と夕暮とが、春と秋で、四季を代表した。この曙香を行う座の規定は、その席は四季にしたがいて客を定むること、にせられているが、これでその意味もたつ訳である。

右、先ず大体に於いて本組香は、香組としては簡単の部類に入っているが、枕草子を組んだという点からは、欠点はあるにしても、相当の成績を収めたものと評する事が出来る。

「花の木ならぬは」の段の中に、清少納言はかく言っている。

いひごとにても、折につけても、一ふしあはれともをかしとも、聞きおきつるものは、草も木も鳥虫も、おろかにこそおほえね。

と。彼のこの心が組まれて、「清氏曙香」となったのである。

以上、「清氏四節香」と「清氏曙香」とを見た。四節香の方は名目に於いて少し弱い。曙香はそれに比べては大分よいが、まだまだ進歩すべき余地はある。これも枕草子が充分には香人に取り扱われなかった為であろう。

枕草子は奇矯といえば奇矯であるところの書き振りが多い。清少納言の感性が鋭敏であった為であろう。こうした感性の鋭敏さという杖を振りまわして、彼女は自然の物象を叩き廻っている。さも得意げに。生憎それは感覚的に馳せ過ぎて行ってしまって、思索の方が劣ってしまった。落ち着いた憧憬求道という事が余り現われていない。ところが茲に聞香というものは、室町時代末からいよいよ思索求道的になって来ている。組香なるものも亦こうした道を歩いて行くものとなって来た。そこで、こうした組香の観点に立って枕草子を望むとき、その目標とするにふさわしきを見出すにやや困難を感じる結果となる。これが枕草子を扱う組香の少きそもそもの理由となっていることであろう。

（昭和十八年十月十一日　稿了）

源氏物語と源氏千種香

一

梅枝の巻に縷々と記された光源氏の薫物合、黒方・侍従・梅花・荷葉を始め薫衣香、百歩香などの種々の薫物を、夫々心こめ創り出してその芳香の美を競べ合されてある。香のことは洵にそれら人々の関心の重要なるものとなっていたろう事はこの文の中によく示されている。光源氏は日比

「懐かしき程に馴れたる御衣どもを、いよいよ炷《た》きしめ給ひて、心ことにけそうじ……」

（朝顔巻）

であった。光源氏ばかりではない、いわば誰でもそうであった様だが、夕霧について

「あざやかなる御直衣、香にしみたる御衣ども、袖いたく炷きしめて、ひき繕ひ……（若菜下巻）

と書いている。藤壺の宮のお住いを

「風烈しう吹きふぶきて、御簾のうちの匂、いと物深き黒方にしみて、名香の煙もほのかなり。大将の御にほひさへ薫り合ひ、めでたう極楽思ひやらるる夜の様なり」（賢木巻）

と叙して、香りの愛好された様を窺わしめ、又明石の上を述べて

「御簾のうちの追風なまめかしく吹き匂はして、物より殊にけだかく思さる。……（中略）……わざとめき由ある火桶に、侍従をくゆらかして物毎にしめしたるに、衣被香《えびこう》の香のまがへる、いと艶なり」（初音巻）

といった。香の香りの人をしてけ高く思わしめ、心落ち着き想深からしめる妙気なる事をほのめかしている。

朱雀院が斉宮入内の為に

「えならぬ御装ども、御櫛の筥、うちみだりの筥、香壺の筥どもよの常ならず、くさぐさの御薫物ども、薫衣香又なきさまに、百歩のほかを多く過ぎ匂ふまで、心ことに調へさせ給へり」（絵合巻）

とし給うた文は、如何に薫物即ち香なるものが生活の上に重要なるものであったかを示して余りあることである。源氏物語には、香気に関する記は大変多い。「匂ひ」なる語を無論全部が全部嗅覚によるものとして言ってはいない、視覚によるものが多いけれど、嗅覚によるもの亦多い。「薫」の語亦続いて多い。中にはこの「薫」も視覚的に遣ったところもあるが、これは大概嗅覚として詞に遣っている。空だきものの香、その追風。彼等はその雰囲気

に在るを喜んだ。移香は又何よりも愛賞された観がある。衣に、袖に、紙に、扇になど。香壺の筥は、これらの源泉として云うに云われざる愛着を以って描かれている。噫、平安時代は視覚美時代である等と一概にいう勿れ。無論その言や当れりであるけれど、その一面にその裏に嗅覚美のある事を気着かずにいてはならないのだ。視覚美の中には、眼に見えざる香りがしみ込んでいるのである。この香りのしみ込んだ視覚美の中に歓酔しているのが平安時代である。源氏物語はこの消息をよく書いている、而も終りになる程この事は一層よく書き表わされている。剰え宇治十帖は薫君と匂宮とで出来ているではないか。

さて、組香の話に移るが、組香が源氏物語を扱っていること、また実に多いのである。抑に組香なるものは室町時代に起きて江戸時代にいよいよ発展したものであるが、発展したこの組香に、源氏物語を題材にしたものが実に多いのである。組香が扱う範囲は広いもので、古典ばかりに限られてはいないけれど、扱われた古典の中で源氏物語に関するのが一番多い。勿論、源氏物語なるものは古典中の傑作にして降来国民教科の書として尊敬せられて来たものであって、別に香の事について多くを述べられてあるといったところからでもないけれど、組香の側からいって、組香の世界にとり扱うべく甚だ好都合の書でもある訳である。

右に簡単に述べた状態から推しても解る如く、香りの事には大いなる讃意を表しているが如き書であるが故に、古典の内容を香に組むに当っても源氏物語は甚だ円滑に且つ容易に組み得られる筈であるから。

そこで先ず最初に出来たのが「古法源氏香」と称するものであったと解される。香四種を用いてその各種類を四つ宛合計十六箇の香を作り、その中から任意の四つを取り出して、それが同種の香であるか異種の香であるかを判別する仕組みになったもの。すれば、その選び方によって十五の場合が生ずる。その一々の場合に、この源氏物語の巻の名を当てたものであった。組香からいえば、かくの如きは甚だ簡単なるものである。別にその香気を何に仮想する訳でもなし、先に聞いた香を基準にして次に聞く香を鑑賞し判別して行くにさ程の困難がある訳でなし、数多の香を或一つの体系に構成するに深い思索を要した訳でもない。只源氏物語の巻の名を取り入れただけの事であり、出来た香図（など）にしても桐壺巻以下ただ形の上から順次に当てただけの事である。（これが五種の源氏香では大いに発達して、香図も形の上からでなく物語の内容によって当てられている。）然し同一組香の種々相が十五もの変化を持つという事が初期の組香として面白き事であり、その十五の相を何に仮想するかという事になるとやはり古来有数の文学の中最も尊敬されその上に長編にして随って各種の相を持ったものに着想せざるを得ない、それでこの源氏物語の巻を以ってし源氏香と称した次第であるであろう。

それから後、次々と源氏物語の今度は内容に即した組香が発生した。発生時期については詳細不明であるが、ともかく江戸時代に入ってからの事と推定される。列挙すれば、

三乎一香　匂集香　宇治源氏香
宇治香　源氏四節香　源氏四坊香
源氏四町香　源氏京極四町香　源氏三体香
源氏忍香　空蝉香　胡蝶香
松風香　篝火香　野分香
鈴虫香　源氏舞楽香　源氏香（五種）
源氏千種香（これのみ総称）

などである。本項は、この中の源氏千種香に就いて見るのが本旨であるから他の解説は一切省略するが、その半数は中々源氏物語の内容を活躍させている。舞楽香に至っては実に華麗というべきである。

香五種を以ってする源氏香が遂に源氏物語全巻（但、最初の桐壺と最後の夢浮橋とだけは

除外せり）に渉っての事を一括して組んだのである。五種の香を以ってすれば夫々違った場合が五十二種出来る、それを帚木の巻以下手習の巻までに当てて、一々の場合の香気を夫々の巻の内容に仮想する（参考、拙著『香道』）。この事あって茲に源氏千種香が生じた。それは実に大発展である。五種の源氏香の通り、桐壺と夢浮橋とはないが、一つの組香で一つの巻を扱ったものである、全部で五十二。（但し、紅葉賀と関屋とはその外に盤物として別の組香を作ってあるから実は五十四となる。）実に壮観というべし。伊勢物語その他古典を扱ったものはあるが、か様な巻毎に組んで行った組香は外にはないのである。

二

源氏千種香。

源氏千種香は『香道蘭の園』という書に載せられてある。本書は、宮内省図書寮に蔵せられてあるものであって、鈴鹿周斎（正保・慶安〔一六四四〜一六五二〕の頃京都に住し延宝の頃江戸に下る）が延宝五年門人山下弘永に伝えそれより栗本穏置を経て享保十八年菊岡寄邦が授けられて誌したものである事が奥書によって知られる。五種の源氏香が出来たのは、寛永年間の前半と推定をするが、この千種香はそれに相継いで出来たものであろう。この書実に千種香のことある点に於いて貴重なるものである。

先ず、その一々の組香について次の如き要件を調べておく。

一、使用する香。

①当該組香を完了する迄に使用する香の種類の数

②試《こころみ》として使用する香種類数。（試とは、本香を聞く以前に予めその香気を印象し置く為に炷く香のこと、その数は①の数の中に当然含まれている。）

③客香の種類数。（客香とはこの組香に使用する全香種の中で最もよい香か又はその座に列した来客が持参した香かを之に当てたものであって、通常は前者である。組香の中ではこの客香が香りとしての主役をなす。その種数は概ね一種であるが、時として数種の場合がある。同じく①の数の中に含まれる。）

④本香数。（これは①の数とは違う。同一種類の香を幾つも使用する場合が多いから①よりは当然多い。試として使った香を除いて外全部の使用香数をいう。）

二、捨香の有無。（捨香とは、組香を組む上には必要であるが、聞かずに除外する香の意。例えば源氏香で、香五種類、各種類について五箇ずつ、即ち合計二十五箇の香を必要とするが、その中任意の香五つだけ取り上げて炷く、外の二十箇は不用となる、この二十箇の香を捨香という。この場合最初から各種一箇ずつ出し計五箇の香だけでは源氏香なるものの炷き出された組合が如何に出たかの本旨がない、やはり二十五箇分必要で、只炷かないだけの事である。）

三、聞く方法

① 一炷聞。（本香を炷き出されるままに順次聞いて行くのであるけれど、その組香の内容の都合上二炷ずつ纏めて聞き進むものや、三炷ずつ纏めて聞き進むものがある。その必要なく只単に一炷ずつ次々に聞いて行けばそれでよいのを一炷聞という。この事を又は「一炷開き」ともいう。「開く」とは香を一箇宛紙に包んであるのを開いては炷くのであるからかくいう。随って「香一箇」といわないで「香一包」という。）

② 二炷聞。（前に準ずる。只炷き出す覚えのため、その二包は一結びにして置く。順によってその一結びを開く訳。）

③ 三炷聞。（前に準ず。）

四、聞捨の有無。（聞捨とは、炷かれたその香を聞いては行くが、後で記録する際にその香の聞いた結果は書かないで捨てて置く、それをいう。組香によっては、その内容上重点となる香だけを、聞いた全部の中の何番目であったかを記憶し記録する様な場合がある。その時はその香以外の香は記憶上記録上必要でない。聞き捨てにする訳。）

五、盤物の有無。（盤物とは、当該組香の内容の趣を示すための諸々の特殊の道具を作って、聞香の進行するにつれてそれらを運用して行くものをいう。適当した小型の盤を作り、その盤上に運用すべき人形や造花等夫々に相応する小玩具を配置し、聞きの当りによってそれを適宜に活用するのである。実に美麗な道具である。これが、組香によってあるのとないのとがある。）

以上の香を組む上の要件を見る事が必要である。他の巻の組香も比較し得られる便宜のため、之を次に表示する。（表中◎記は、一炷・二炷・三炷聞の何れかその該当するものに附す。及び捨香・聞捨・盤物の有の記。該当せず又無きは別に記しせず）

組香名	香種数	試香種数	客香種数	本香数	捨香	一炷聞	二炷聞	三炷聞	聞捨	盤物
帚木香	三	一	○	九				◎	◎	
空蝉香	四	三	一	一〇		◎				◎
夕顔香	五	二	三	九				◎	◎	

若紫香	四	三	一	一一		◎				
末摘花香	四	二	二	一二		◎				
紅葉賀香	三	二	○	一〇			◎			
盤物紅葉賀香	六	四	二	一〇		◎				◎
花宴香	四	三	一	六			◎			
葵香	四	三	一	○		◎				◎
賢木香	四	三	一	一〇			◎			
花散里香	六	一	一	一〇			◎		◎	
須磨香	三	二	一	一〇		◎初香	◎後			
明石香	四	三	一	一四	◎		◎			
澪標香	四	三	一	一〇		◎				◎
蓬生香	三	二	一	七		◎初香	◎後			
関屋香	三	二	一	六			◎			
盤物関屋香	四	三	一	一〇		◎				◎
絵合香	四	三	一	一〇		◎				◎
松風香	三	一	○	九		◎				
薄雲香	二	一	一	五		◎			◎	

朝顔香	三	二	一	一一	◎	◎初香	◎後			
乙女香	四	三	一	一〇		◎				◎
玉鬘香	八	七	一	一四			◎			
初音香	二	二	○	一二		◎	◎（一炷聞と二炷聞交互）			
胡蝶香	四	三	一	一〇		◎				◎
蛍香	三	二	一	一〇			◎			
常夏香	三	二	一	九		◎最後香	◎			
篝火香	三	二	一	八			◎			
野分香	四	三	一	一〇		◎				
行幸香	四	四	一	一二			◎			◎
藤袴香	四	三	一	八			◎			
真木柱香	三	○	○	一五				◎		
梅枝香	四	三	一	一二		◎				◎
藤裏葉香	三	二	一	九		◎初香	◎後			
若菜上香	四	三	一	一〇		◎最後香		◎		◎
若菜下香	四	三	一	一二		◎				◎
柏木香	四	三	○	九				◎	◎	

横笛香	三	二	一	八			◎			
鈴虫香	三	一	一	九				◎	◎	
夕霧香	五	四	一	一〇		◎				
御法香	三	○	○	一〇		◎			◎	
幻香	三	○	○	九		◎			◎	
匂宮香	五	○	一	一〇			◎			
紅梅香	六	四	○	一〇		◎				
竹河香	三	二	一	八			◎			
橋姫香	四	三	一	一〇						◎
椎本香	四	三	一	一三	◎一包			◎	◎	
總角香	二	一	○	二〇			◎		◎	
早蕨香	三	二	一	八			◎			
宿木香	五	四	一	一一		◎				
東屋香	六	五	一	一一	◎	◎			◎	
浮舟香	四	三	一	一二			◎			
蜻蛉香	三	○	一	一〇		◎				
手習香	三	二	一	一一	◎約半分		◎			

源氏千種香の一々の組香は夫々かくの如き状況である。それについて気づかれるところを述ぶれば

1、香種数に於いては。少きは二種より多きは八種、四種と三種との場合が多い。大体一般組香から見て普通である。

2、試の香種数に於いては。組香の普通例は客香としないのを試とする。随って使用香種数から客香種数を減じたものが試の香数となるものである。本千種香に於いてはさ様でないものが相当数ある。然し使用香数が少い場合は殊更試をしなくても聞いて行く間に自ずと鑑別出来るが、多くなると一寸難しい。その意味に於いて、花散里香と匂宮香とが目立つ。花散里香は客香が五包でそれに試があり、他の五種は各一包ずつ、匂宮香は五種の香各二包宛で試なし。共に四種乃至五種を聞き行く間に識別して行くということは、本香数十もある中では相当の難事である。

3、客香種数に於いては。客香は通常一種であるのに、二種位はとにかくとして夕顔香に於いて三種もある。この点が一寸珍しい。

4、本香数に於いては。本千種香で多くて十四、特に離れて總角香が二十。十四位までは普通であるが、二十とは一寸多い。然し組香としては例もあること。特にこの總角香は

香種数僅か二種であるから聞き分けるにさ程の困難を伴う訳ではない。

5、捨香に於いては。五つあるだけである。組香数五十四もある中としては寧ろ少い方である。

6、聞き又は開きの多寡に於いては。一般例から見て普通の程度。但し、十炷香（一、二、三の香各三包・客香一包で組んだもの）の例にならって組んだものが十もある、随って一炷聞のものが稍多き感があるのである。

7、聞捨に於いては。十一を算する、全部の約五分の一。組香一般から見れば別に多い訳ではないけれど、折角の香を全体系の中に活躍させないという意味に於いて、この千種香としては惜しい感じがするものである。

8、盤物に於いては。十三である。盤物とするという事は甚だ豪華にする事となる、経済的にそう容易には出来ない筈。千種香の中でこの十三もある事は先ず充分と見てよいであろう。

か様である。とにかく源氏物語を如上の方法を以って香の上に表現した。これを一括総覧すれば、その業績や顕著なりといえども、何しろ一気に各巻を組んだものであるらしい処から、個々の組香についてはその巻の微に入り細を穿つ程までには至っていないという事が出来る。複雑多岐のものは半を出ない有り様である。

さて、香の上に表現されたこれ等の組香が、如何に源氏物語各巻の内容を汲み取っているか、又はその内容を如何に活用しているか。その実情について見ることとする。無論、全部に渉る事はこの際無駄とも思われ、又紙数の不経済でもある。中について比較的に珍しきもの、組香の組香たる仕組に於いて特例とするに便なるもの、などを列挙解説して、源氏千種香と源氏物語との関聯の具合を窺おう。

例証する組香を、源氏物語の巻の順序にする。そしてそれを例として挙げた組香側からの特徴の所以を示しつつ。

一、帚木香。　聞捨の例として。

香は三種類。そのうちイ種の香を今この場合として「ははき木」と仮に銘をつける。ロ種の香を「園原」と銘じ、ハの香を「伏屋」と銘ず。

「帚木」の香を各一箇ずつ四包

「園原」の香を同様にして三包

「伏屋」の香を同様にして三包以上十包を準備して、その中から「帚木」一包を開いて炷き、「試」として一座の者に「帚木」の香味を味わわしめ印象せしめて置く。

それがすんで、残り全部即ち九包を混ぜ合せてしまって何れが何かわからないようにしてから、任意に三包ずつに仕分ける。

最初の三包を順次に炷き、すんでから次の三包を順次に炷き、それがすんで最後の三包を順次炷く（この事を三結三炷聞という）。「帚木」の香は最初と中と最後の各三包ずつ順次に炷いたその中に有ったか無かったか。又有ったとすれば幾つ有ったか。これがこの組香の主眼点である。「園原」と「伏屋」は聞き捨てにする。聞いた人々はそれを記録して提出する。即ち最初と中と最後との三回で、各回に「帚木」が

一炷あれば　木
二炷あれば　林
三炷あれば　森
無ければ　木陰

と記して提出する。提出されたのを集めて執筆と称する役割の者が一枚の料紙に書き納

め、判者が実際と照し合せて点をつける。

その料紙の奥に、

園原や伏屋に生ふる名のうさにあるにもあらず消ゆるははき木

と歌を書き付ける。

というのが大体の筋である。主眼とするところは、「帚木」を尋ねること。「園原」の香や「伏屋」の香の色々混ぜ合さっている中から、それらは聞き捨てにして行って、「帚木」をよく注意して有る無しを聞き求めるのである。

帚木の巻の終り、源氏が空蝉の靡かぬ心強さをなげいて、

帚木の心をしらで園原の道にあやなくまどひぬる哉

と詠んだそれに答えて空蝉から、

数ならぬ伏屋に生ふる名のうさにあるにもあらず消ゆる帚木

と詠んだこの贈答の歌からとって組香とした事は明瞭、信濃国の美濃境にある園原の伏屋という所に遠くから見ると帚の様な形をした樹が生えている、あこがれて近くに行ってみるとどうした事かその樹が解らなくなってしまうという伝説を取って、源氏は丁度その様なもので、求めて求め得られず途方に惑うていると贈った。空蝉はまことさ様な私であるという意

味に、数ならぬ伏屋として、夫たる伊豫介の品賤しき人妻である事を以って答えた。こうした意味の上での贈答歌であるところを、本組香では、

園原や伏屋に生ふる名のうさにあるにもあらず消ゆる帚木

と変えている。それでは仮の香銘には如何にも一首の中から園原・伏屋・帚木などと三つも取れてよいけれど、歌としては意味がなくなってしまう。坂上是則が詠んだ

「園原や伏屋に生ふる帚木の有とは見えてあはぬ君かも」

といった様な具合なら十分の意味も持つけれど、「園原や伏屋に生ふる」では「名のうさ」の意味が殆どなくなってしまうではないか。「数ならぬ伏屋」でこそ「名のうさ」に意味がある。それで、この組香は先ず第一番に主題とする歌に非常な無理がある事を指摘したい。

次に、聞いた三つの中で「帚木」が一つあれば木と記し、二つあれば林、三つあれば森、無ければ木陰と記すといったところは、一寸思いつきが面白い。空蝉にたとえた帚木を求め求めている上は、求め得らるれば甚だ喜ぶ貌として林とし森とまで木をうんと重ねたところ、求め得られなければ木陰の中に悄然とするところなど想い合せられて十分ではある。然し、源氏物語に於ける帚木のこの贈答の歌の味は、求め得んとして而も求め得られざる所に存するのである。求め得られてしまったり、求め得やすい様な事では、却ってこの贈答の歌

の味が消されてしまい、又帚木というその伝説の上からも味がなくなってしまう。ところが本組香では、「帚木」を「試」として出した事は先ずよいとしても、他の香種と同数の三包も使用するところに難点がある。他の香数がもっと沢山であるならば兎に角、僅か二種しかない他の香数と同様の三包では多過ぎる。せめて二包か乃至は一包でよいではないか。これが却って木とし林とし森とするといった様な字画的な興味の方に移り過ぎて、又発見するという喜びの方に移り過ぎて、元来の贈答歌の趣そして又大きくいえば全源氏物語の色調に対して効果をなくしてしまったものと考えられる。

ではどうすればよいか。

一、主題を源氏の贈歌と空蝉の答歌との二つにすること。そしてこの二つの趣を纏綿として織り込ませること。

一、組香としてやや似た趣の事を三回も繰り返すことをしないで、どうせ三段にもする事ならば聞く数を増減させるなり又は先に使った香をやめたり新たな香を加入させたりして三段にすること。

一、林とか森とかいった詞でなしに、何か外の詞をさがすこと。もっと外の詞が出来そうだ。主題歌を二つにしたならば、例えば「心をしらず」「あやなくまどふ」「数ならず」

「あるにもあらず」とか「あやなし」「うき名」「まどひ」などいった詞がいくらもあるではないか。或は又その外でも考案すること。

などいった風に改良すべき余地が十分にある。もっと帚木の帚木たるところを生かさなければならない。そして例えば源氏物語の帚木について知らない様な者にでさえもそうした「帚木香」をする間に自ずと源氏物語の帚木が望見出来るように迄しなければ虚である。且つはこれが香道の組香の精神ででもあるのである。

寧ろその難点ばかりを挙げて解説の方法とした。五種の源氏香から発展して間もない時代に出来たものとしては、実はよく出来ていると観る事も出来る。本組香は聞捨する点に趣向があるので、他の点はさ程でない。複雑な香組みで内容を扱ったものは他にあるのである。

二、花散里香。　香種数の多きこと、客香を試とすること、一部聞捨あることの例として。

「無試別香五包　一二三四五と五品

試あり同香五包　これをウとす

右試なしと試ありと一包づつ二包結び合五結にして二炷きき也。試なしはきき捨也。記

録にも書かず
一番　ウ何　立ばな　　　二番　ウ何　香をなつかしみ
三番　ウ何　ほととぎす　四番　ウ何　花ちる里
五番　ウ何　尋てぞとふ　跡ニ出ルウ　皆中川也」
原文のままに書いて右の様である。
香の組み方としては、ウ（客香の略字）が五包もあり而も試をこのウから出すという事が第一珍しいこと。次にはウ香以外が五種もあって、そのくせ一包ずつであること。計六種それが組香一般の組み方とはか様に違う点が注意される。
ウが中心となる香で、今の場合、時鳥である。時鳥が彼方にも鳴いたが此方にも鳴いているというところから、結局上等の香を試共で六つも炷いた訳。その時鳥の鳴き声をよく印象さえすれば（試に於いてせり）他の事は只あれやこれやというだけで確と印象はいらぬという積りで、諸々五種類も香種を使ったが、聞き捨て的にする。六種類もの香を使うという事は一寸贅沢な事であるが、この場合としてはウ香がよければ他は区別さえつけば品質としては劣ったものでもよろしい訳。
二炷聞であって、一結（二包）毎に判断して行く。一結中には必ずウが入っている。ウが初に出る時は、時鳥が空を鳴き渡る型。ウが下に出る時は、みな中川と答える事にしてあるところを見れば、時鳥が空から降りて鳴いている型。それは巻中の「ありつる垣根の」中川の宿の事をさしている。

光源氏が花散里の上を尋ねようとして、彼の女の共にいる姉なる麗景殿の女御のお住に行った。そのときの歌

橘の香をなつかしみほととぎす花ちる里をたづねてぞとふ

の各句を以って、それぞれ答える事にしたもの。

以上を巻の内容から考えれば、先ず大体に於いて巻の意の中心を捉えたものという事は出来よう。巻の全文は短いものであるが、それに似せてかこの組香は又簡単なものである。中川の宿までを聯想して組んだところはよい。

批評をすれば、

一、香組として、無試別香を各一包とした点は聞香上容易に過ぎて面白くない。ウが試として既に印象もされてあり而も本香で五つも出るからには、とに角ウは聞香上先ず明瞭である。すればウでないものが凡て別香で而も一つ宛であるから、記録にはちゃんと「立ばな」以下違わずに書ける訳。これを二包ずつにでもすればまぎらわしい処も出て

聞香上面白くなる。（香数が多くなるから体系も違ってくる。）

一、ウが後に出たものを一括して「中川」としてしまったが、何とか外の名目をもっと考えられないものか。そして、三番目の「ほととぎす」は不要、ウ香が之を意味しているから。

三、須磨香。　やや複雑にして二節に分けて聞く例として。

「一二四包づつ試あり　源氏二包試なし

右一二二包づつ四包の中へウを一包入五包づつにして五包を前とし五包を後とす

前五包二炷きき一度三炷きき一度　五包を両度にきく也　後の五包も同前也

二炷ききの時

一一　若木の桜　　二二　庭のやり水

一二　松のはしら　　二一　竹の垣

ウ一、一ウ　源氏　　ウ二、二ウ　須磨

三炷ききの時

ウ一一、一一ウ、一ウ一　源氏　　ウ二二、二二ウ、二ウ二　須磨

ウ一二　伊勢の使　　　　ウ二一　みちのく紙
一ウ二　花の宴　　　　　二ウ一　友ちどり
一一一　頭中将　　　　　一一二　ねざめの床
二一一　巳の日の祓　　　二一二　ひぢ笠雨
一二二　四方の嵐　　　　二二二　波こゝもと
二二一　柴の煙　　　　　一二一　立来ル浪」

光源氏の須磨の住いを写したものである。源氏と銘じた客香二包を以って、源氏を表し且つは彼の住いたる須磨を表す。その他の名目はみな須磨の住いの環境を示したもの。閑居に訪れる伊勢なる御息所からの使と頭中将とが、特に源氏の心を慰めたものとして出されている。

組香として見る時、二炷聞と三炷聞とが交互になり、それが二節になる事に先ず注意される。一の香と二の香とは別に銘がない。一と二と二包ずつ四包の中へ客香一包を入れて、そこに源氏の在り具合を情感する。一の香と二の香とはそれぞれ香気が違う事は無論であるが、然しその違い方が相当にかけ離れている事を要するのである。そうでなければ各名目の境が多いからそれぞれの名目の特異性が出て来ない。

巻の内容として見る時、源氏の須磨の閑居の様は充分出されている。住いの庭から近隣の有様閑適の状、淋しき想い追憶の様、さては訪れる人。盛れる限りの種々相が盛られている。先ず須磨の巻として内容を全部に渡って眺めたものというべし。

これを評すれば、

一、名目として。二炷聞の部は源氏の住いについて、三炷聞の部は住いの周囲と彼の日常について、という風に分けた積りに見える。然しこれを香の方からすれば第一部の一と二の香気の具合が第二部の色々なる変化の方へそのまま当て込まれて行って別の名目の境に強いられて行くこと、これが一寸無理である。第一部は第一部でそれだけの香で表現され、第二部になると今度はそれより外の香が更に追加されて来て新たなる香の状態になるようにすればその無理は無くなるのである。

一、ウの状況について。二炷聞の部にしろ三炷聞の部にしろ、一の香とウ香とであれば順序はどうであろうが皆「源氏」とし、二の香とウ香とであれば同じく「須磨」としてある。これが余り風情がない。やはりウの出方によって源氏の何らかの姿を示すべきである。

一、二節になること。これは前段五包と後段五包との二節になっている。然し折角二節にしながら第一節と第二節とはその趣に於いて何等変るところがないのである。これがまた風情もない話。これは結局ウ香を同種二包としたところから起きたこと。ウ香を別香二包にすればよい。そうすれば第一節の情趣があって、第二節にはまたそれから発展した情趣を表現することが出来るのである。

一、二炷聞の部と三炷聞の部との区分について。前部と後部とにやや情景的差異は見出されるけれども、それにしてもまだ接近し過ぎている。一層のこと、前部は伊勢からの使に関し、後部は頭中将の来訪に関して名目を作ったら如何。或は又、前部は源氏の須磨での情況、後部は源氏が京都にいる人々への消息や思い遣りとしたら如何。或は又、前部は出発前、後部は須磨の様。或は又、前部は流謫の原因、後部はその後としたら如何。とにかく発展さすようにしたいものである。

組香の意義として、体と用とが考えられる。体は暫く措いて、用について言わば、用とは即ち組香としての働きである。例えばこの源氏物語の或る巻を組んだ組香が、それぞれの人物などを仮銘にして数多の香種を以って構成するにしても、炷き出された順序によっては、その巻の節の順序通りでは必ずしもない訳である。概括的には全構成の上からしてその埒外には出ないにしても、埒内に於いては色々の変った相が現わされるのである。この埒内に於ける相の色々の変り方が即ち用であると見るべきである。組香に於いては、こうした埒内の変化が自由に作り得られるのである、自由なる展開が示されるのである。すれば巻の中に書かれた通りでなくて、色々に自由に活動する。もっと敷衍せられもっと生かされて来る。想像の領域はこれによって実に拡大せられるのである。これ全く組香にして出来得る効用といわずして何であろう。

か様な意味に於ける用が、本須磨香の組み方にもっと欲しいというのである。それには本組香では香種が足りない。足りない数を以って強いて各相に当ててしまったところに本組香の、香気からいい内容からいい、共に無理があるのである。

四、明石香。　捨香の例として。

「一二三各四包づつみな試あり　ウ二包試なし

此一二三を二包づつ取六包にして其内一包取除けウを一包入れ又六包とし前六種といふ

後六種も右のごとくする也　二炷きき也

一ウ　源氏　　ウ一　源氏　　二ウ　明石上

ウ二　明石上　　三ウ　入道　　ウ三　入道

一一　むかへ船　一二　追風　一三　浦つたへ
二一　琴　　二二　岡べの宿　　二三　琵琶
三一　月毛の駒　三二　只ならぬ身　三三　三とせの別」

光源氏が明石入道の迎えによりて浦伝い明石に行き、そこに入道の娘明石の上と契ったが、思えば流謫三とせの明暮であるというところ。

組香として見る時、ウを源氏か明石の上か入道か何れか兎に角人物に当てた。其他は事項。諸事項の中へ人物が介入するという意味で六包の中一包を捨ててその代りにウを一包入れる。そしてそのウが何と結び合っているかによって人物の誰であるかを判断する。組方としては一包を（両度で二包）捨香とするところに特徴がある。

巻の内容から見る時、特に源氏の明石に於ける心寂しさを取った。巻の題名は明石入道のわが娘を思いやった歌等から取ってある様だが、これは源氏のわびしさ

はるかにも思ひやるかな知らざりし浦よりをちにうらづたひして
秋の夜のつきげの駒よわがこふる雲居にかけれ時のまも見む

の家郷を偲んだ歌が主となって「三とせの別」を悲しんだものである。

これを評すれば、

一、香組みとして。捨香するところは面白いが、一二三の香に、名目の方と照し合せて見て、さ程の特殊性をつけていないところが難点。さなくば名目の方をもう少し各香の特異性を暗示させる様なものに考案すること。即ち、ウが一に結んで源氏、二に結んで明石の上、三に結んで入道とするからには、その一は源氏的、二は明石の上的、三は入道的に縁あるべきであるのに、一二三の組合せの方を見ると、さ程までには感じられない名目である。

次に、これも二節としてあるが、二節目は全然前節と同様である。それでは二節目は態々しなくてもよい事になる。

一、内容から見て。折角の第二節は、源氏が明石に於ける慰みの情を中心に纒綿とさせたらよかろう。すれば第一節の方をやや変更する要がある。

五、蓬生香。　一炷聞二炷聞にして簡単なる例として。

「一蓬二葎三包づつ試あり　ウ露一包試なし

右蓬葎の六包打合、先一包露払と名付一炷きく残り五包の中へウの露を　入二包づつ結び二炷きき也。

初香　露払　一一　蓬生　一二　道もなく
二二　葎生　二一　あれたる宿　一ウ　鞭
二ウ　鞭　ウ一　露　ウ二　露」

末摘花の荒れたる宿を源氏が訪れるところ。
「尋ねてもわれこそとはめ道もなく深きよもぎのもとのこころを
と独りごちて、なほ下り給へば、御さきの露を馬の鞭してうち払ひつつ……」
によったものである。

組香として見る時、「御さきの露を馬の鞭して払」ふところを先ず表わして最初一つだけ一炷聞にしたところは味がある。以下二炷聞の簡単なるもの。
巻の内容から見れば、組香として取り上げた部分も先ずよし。

評すれば、
一、名目について。初香を只露払いと答えたのでは一か二か解らない。当否の採点に困る。故に露払と称するだけで蓬か葎かで答えなければならない。実際の場合は何とかするであろうが、この文面ではいけない、何かの間違いであろう。
一、同じく一ウ・二ウを鞭、ウ一・ウ二を露としたところは、ウが前に出るか後に出るかによって鞭とし露とした点に一寸した趣向の程は知られるけれど、猶一層そこを区分して且つは鞭の趣を且つは露の様を表わしたらよいであろう。

六、薄雲香。　組香として最も簡単なること。及び一炷聞、聞捨の多い例として。

「同香四包試なし　薄雲一包試あり

この五包打合うす雲の一炷をきく也　同香四包はきき捨也」

思慕した藤壺即ち薄雲の女院が亡くなって、源氏の悲嘆は何事も目にとどまらぬ程甚だしかった。夕日の山際にさして雲の薄く渡れるを見て、源氏が

いり日さす峯にたなびく薄雲はものおもふ袖に色ぞまがへる

と詠じた歌によって著想されたものである。

源氏が藤壺を思慕した事は実に深いものがある。それを本組香によって数多の香から只一つこの薄雲と銘じた香を聞き求めさせるようにした処は、組香としては実に簡単で呆気ないが、巻の内容は捉え得て甚だ良しというべきある。他は皆聞き捨てにしてしまう。「薄雲」が五炷の中何番目に出たかを示しさえすればよいのである。巻の中に古今集にある

深草の野べの桜し心あらば今年ばかりは墨染に咲け

という歌を「独りごち給ひて人の見咎めつべければ御念誦堂に籠り居給ひて、日一日泣き暮し給ふ」と書かれてある。さもあるべし。すべては聞き捨ててしまって、只女院を慕い索める姿。難なし。

七、玉鬘香。　香種の多き例として。

「一赤　二紅梅　三紅井　四白　五縹　六柳　七梔
各一包づつ皆試あり　ウ色七包試なし
右は色の七色に赤紅梅等の七色を一包づつ結び合二炷きき也　二炷の始に色と出るはみな衣配（中略）
赤ト色　紫の上　紅梅ト色　梅壺
白ト色　明石の上　縹ト色　花散里
柳ト色　末摘花　梔ト色　空蝉
紅井ト色　玉鬘の内侍　色ト何　皆衣配也」

源氏が年の暮に元旦の晴着にと御方々に相応な柄を見立てて贈るところ。
組香として見る時、香種が八つもある。而してその内試をするものが七つ。この試が七つもあるという事は聞香上相当難しい事である。一々その香気を覚えていなければならない。聞き捨て等にはならない、重要なものであるから。油断などしていると七つもであるから、どれがどれであったやら、こんがらがってしまう。聞き当てるには随分厄介なこと。

巻の内容から見るに、これは所謂衣配の所で巻として終りの所。玉鬘の事で殆ど満ちている巻の終りのいわば余分の所で巻としては中心でない部分である。色の種別はそれぞれその方に贈った春着の色によっており、名目の方も即ちそれである。

評として

一、色について。源氏が贈ったのは、紫の上に対しては「紅梅のいといたく紋浮きたる」表着であった。それを名目の方で「赤ト色」にしている、大体よかろう。明石の上の姫君に対しては「桜の細長……」であった。桜は重の色で表白だから、名目に「白ト色明石の上」としたるはよし。然し明石の上ではなくて本当は明石の上の姫君である。花散里に対しては「浅縹の海賦の織物」であった。その名目よし。末摘花に対しては「柳の織物」であった。ところがこの点である、柳は色でない、重色目である。表白裏青である。困った為か遂に「柳」で片付けてしまっている。これがいけない、何とか桜を白とした具合でそれに対比して色で示してほしいものである。空蝉の尼には「青鈍の織物……山梔子の御衣……」であった。これはどうしても「青鈍」とする方がよい。玉鬘には「曇りなく赤きに、山吹の衣の細長」であった。色に山吹とするはいけない。重色目からして「青朽葉」とするところ。「玉鬘の内侍」の内侍まではいらないこと。

一、名目について。「色ト何」を全部「衣配」とした事は、先ず仕方ないであろう。これを又それぞれ何かの名目にすると可能性十四ある場合の一々について十分なる用意を必要とする、それでは頭が疲れすぎるであろう。ウが先に出たと思ったら後は気楽に丁度聞き捨てする気持ちでいればそれでいい訳、それでこそウが後に出る場合の時に緊張が十分し得られることになるから。香種が多いだけにこれは許されていい。

一、巻の内容から。源氏が配ったのと一寸違っている。梅壺については書いてない。それを入れてある。どうした事か。其の外に明石の御方に配っているのにそれがない。もしかしたら「白ト色明石の上」としているその事であるのか。そうすれば明石の上の姫君に贈ったのがない。間違えて「梅壺」を入れたのである。けれど「紅梅ト色」の紅梅の色についてはどこにも書かれていない。この点よろしからず。

八、椎本香。捨香及び聞捨を伴い又組方稍複雑なる例として。

「一二三三包づつ試あり　　ウ四包試なし
右一二三包二三包三三包を別々に結び其内を一包づつ取除ウを一包づつ入て又三包に結び
打合三炷きき也
又取除たる三包を打合其内を一包取除ウ一包入また三包一結にして名残と名付跡にて此
一結きく也
此時はウ一炷はかりを記録にかく也　外のあたりはかかぬ也　今一包取除たるは捨香也
ウ一一　宇治の宮　　一ウ一　薫大将　　一一ウ　匂宮
ウ二二　椎が本　　二ウ二　立よらん陰　　二二ウ　此一こと
ウ三三　草の庵　　三ウ三　宇治の中宿　　三三ウ　初瀬詣
名残三包の
初ノウ　宇治の宮　　中ノウ　薫大将　　末ノウ　匂宮」

宇治の山荘にあられる八の宮（即ち宇治の宮）の二人の姫君に対して、薫も匂宮も心を寄せられる。宮は姫君の事を薫君に託せられて

我なくて草の庵は荒れぬともこの一ことは枯れじとぞ思ふ

と薫君の後事に対する確約を詠まれ、薫君はそれに答えて

いかならん世にか枯れせむ長きよのちぎりむすべる草の庵は

と詠む。宮は遂に二人の姫君を置いて亡くなった。年も差し迫った或る雪の日薫君は宇治を訪れた。そして

立ちよらむ蔭とたのみし椎が本むなしき床になりにけるかも

と八の宮の亡きを今更の如く詠嘆した。か様なところを組香としたもの。

組香として見る時、相当複雑なものである。初め三結にして、その中から各一つをウに取りかえ、次に取り出した一つずつを集めて一結として又ウに一つを取りかえる。而も三炷聞であるから、聞香としては大分骨の折れるものである。

巻の内容からは、大体無難。局部的の事ではなくて、先ず本筋の中にあるもの。然しこの巻、匂宮や薫や大姫君中君などの艶なる場面もあるが、その方は取らないで八の宮の悲境やら薫の悲しみやらの方を取って、いわばこの巻を道徳的に表している。それにしては、名目の中に「宇治の中宿」とかいって一寸何かを思わせぶりのものが入って気ざわりであるが、そんな風に殊更に思い巡らさないで「匂宮」「初瀬詣」「宇治の中宿」を爾余一切の序とか発端とかに見做せば、それでいい筈。一体この源氏千種香に先んじて出来たと考えられる例の五種の源氏香の香図を見るに、甚だその香図は源氏物語各巻を道義的に看取した立場に立っ

て作られている。制作時代から見て成程と首肯出来る節が多い。千種香も亦その点がある筈。この組香などまことそれに該当すると見てよい香である。表し方が穏やかではないか。

評すれば

一、結について。初め「右一三包二三包三三包を別々に結び其内を一包づつ取除ウを一包ずつ入て又三包に結び打合三炷きき也」とあるが、そんな面倒くさい方法を取らなくても、一二三を各々二包ずつにしウをそれぞれ入れて三結とし打交ぜて三炷きき也といった方が早いし解り易い。記録法を掲載する事をすべて省略してきたが、その記録の方を見てみるにそれで何も差し支えない。

一、名目について。「薫大将」としてあるが、まだこの巻の時は薫君は大将にはなっていない。いけない。

一、捨香について。最後の一つを捨香にしたが、何とか之は出来る筈。内容からしても名残が惜しまれるし、香の上からも最後の名残のことであるから、どちらから見ても名残的な名目を作って、一か二か三か、聞き当てさせる様にしたらよいであろう。

本香は一の香二の香三の香が、初めの三結の中に於いては、混っていないところに組香としての特色がある。試は既に聞いているにしても、更に本香内で一を一として味わい、二を二として味わう事が出来る面白い点がある。この故にウの在所を尋ねて而もその情景を逞しゅう想い行く事も出来るのである。只遺憾なのは名目の配列が一寸乱雑である。香種によって同系の内容にしたらよかったろうに。

九、東屋香。　一炷聞にして捨香あり、而もその捨香を特に聞き分ける例として。

「一二三四五　二包づつみな試あり　東屋一包試なし

右一々二々と同香二包づつむすび合五結の内一結とり除け跡四結をほどきて打合　東屋の一包を入れて九包を一炷づつきく也　取除けたるは一の香也或は二の香也と小記録に書出也　又東屋は何番に出たる香也と是も小記録に書出す也　但取除たる一結は捨香也此捨香を考ふる也

小記録　　しげき葎なし　あづまや三　　一の香とり除けたる時かくの如く書くべし

東屋はありのままにきく也

一除　しげき葎　　二除　あまりほどふる

三除　雨そそぎ　　四除　三条の旅所

五除　とのゐ人　　ウ　　あづまや」

東屋の巻でも終りの部分。浮舟の身のことについて長々と書かれ、やっと浮舟は三条の辺の家に移った、それを薫君が雨降る夜訪れて車に乗せ宇治の山荘に帰るというところ。

組香として見る時、これは相当聞香としては難しいものである。五種の香を試として聞き覚えて置き、今度その中の一種を取除いてウ香を混ぜて聞き、なかった香が何であったかを言うという事になるから、それこそ香気の記憶が明確にして而も整然としていなければ出来る事でないから。尤も、聞いて行くのを試の印象に照し合せて覚えて置き、最後までやって行って、結局なかったのがそれだ、という方法で決めれば、聞きにくい事もさしてないけれど、そうでは本来の主旨でない。なかったのを記録するだけで、他は（ウ香を除き）記録しないのだから。丁度、聞いた香を聞捨して行く様なもの。こういう趣向の組香は、珍しい組香である。その上になお、各種二包（ウは一包）という事に注意を要する。なかった香が何であるかを知るには各一包で出来るのである。それをわざと二包にし、全九包を混ぜ合せてしまって順不同の中でやる。一層混雑するのである。

巻の内容から見るに、これは薫君の歌

さしとむる葎や繁き東屋のあまり程ふる雨そそぎ哉

を主とし、それに三条の旅所とその家の宿直人とを配したもの。雨降る夜をはるばると薫君が浮舟の在家東屋まで訪ね行くのだから、数多の香の中に「東屋」が何処にあるかを聞きさがす趣向にしたのは当然として面白い。又、東屋の巻として実に興味湧くところのこの場面の事だから、それを浮き上らせるため盛り上らせるために、聞かないという逆の印象を以って、効果を大にした点は、趣向として上々というべきである。巻の主題もこの歌から取られたものである様だが、三条の家、宿直人、そしてこの歌、やっぱり味だ。実にあっさりと出来上り、そして聞香的内容も九つあれば豊富である。

評は右の中に含めたこととする。

十、浮舟香。　両方に分れて聞く例として。

「一二三　三包づつ試あり　ウ三包試なし

右十二包打合二包づつむすび合二炷きき也

薫方　匂宮方　両方へわかる　二炷の組合の名目両方の記録かはる也

薫方

一一　宇治橋　　二一　ながき契　　三一　絶せじを

一二　浪越る　　二二　末の松　　三二　待つらむとのみ

一三　右近　　二三　薫の使　　三三　家作する

匂宮方

一一　年ふとも　　二一　あらはれぬ　　三一　侍従

一二　変らむものか　　二二　障泥敷《あふりしく》　　三二　宮の使

一三　橘の小島　　二三　里びたる犬　　三三　九条わたり

両方ともに同じ名目

ウ一　ウ二　ウ三　　浮舟

一ウ　二ウ　三ウ　　こだま

ウウ　　小野の尼

宇治橋のながき契は絶えせじをあやぶむ方に心さわぐな　薫

年ふとも変らむものか橘の小島のさきに契るこころは　匂宮」

浮舟を匂宮と薫君とが競い合うところ。薫は浮舟に対して前掲の歌を以って浮舟の心を安らかならしめむとし、又浮舟が匂宮に心移るかと思っては

浪こゆるころとも知らず末の松まつらむとのみ思ひけるかな

と、只私を待ってくれるものとばかり思っていたのに、と慨いたりしている。匂宮はまた、

浮舟を宇治川に誘い出して帰に揚げた歌を詠じたり、薫君に秘してひそかに連れ出そうと「里びたる犬」に吠えられたり「障泥」を敷いたりなどして苦心する。片や右近、片や侍従。使もそれぞれ。以上の事どもが両方に分れた名目として表わされている。

「両方ともに同じ名目」の方に於いては、流石両方共通にさ様思われるものである。そしてこの部分は、浮舟の巻でなくて、手習の巻にある事柄である。浮舟は宇治川に入水する。漂着する。助けられる。小野の尼に養われる。それを表わしたところ。

組香として之を見る時、香四種であることと十二包という数とに於いて一寸煩わしいけれど、全体二炷聞の極く普通のもの。然し一座が、別に盤物でもないのに、両方に分れてそれぞれ名目を異にして聞くというその聞き方に、内容をよく加味したところが窺われて、味があるのである。

巻の内容から見れば、概ね浮舟の巻の意味しているところを広く表わしている。そして両方の対照的なるところも相当描かれている。「小野の尼」について注意すべき事がある。それは、この小野の尼は浮舟自身をいっているのであろうと考えられる事である。浮舟を養ってくれた小野の尼だとすれば、香のウが二つも重なったものに之を当てるには余りにもこの組香全般から見て理由がなさ過ぎる。ウは浮舟を意中にしての香である。ウウは最後究極のところを表すものである以上は、之は浮舟が小野で尼になったその意味での小野の尼でなければならない、即ち浮舟の変り果てたる姿であり、見様によっては浮舟の然かあるべき究畢の姿である。之をウウの香気によって感得して貰いたいというのが本組香の注文かも知れない。

評すれば

一、名目について。薫方については、薫君の歌二首が織り込まれている。匂宮方では、匂宮の歌は一首であって、他は其他事柄によったもの。これがどうも不調和である。二首宛で出来たら一層よかろう。

一、同じく。薫方で歌を織り込んだのは、一の香が後に出る事で第一首の系統があり、二の香が後に出る事で第二首の系統がある。即ち、一一が最句「宇治橋」で初句二一が「ながき契」で第二句、三一が「絶えせじを」の第三句といった風に。ところが匂宮方のはそうでない。一の香が前に出る事で歌の系統がある。即ち、一一が「年ふとも」の初句、一二が「変らぬものか」で第二句、一三が「橘の小島」で第三句といった風。これでは香気が何の事やら、折角両方に分れ、それぞれの属する歌のその部分の名目を以って情感し合う事にはならない。一一は両方ともの初句だからいいけれど、その次の二一は薫方は続く二句目となるが、匂宮では続く二句目ではない事になっている。よろしくない。香気を両方がそれぞれ落ちついて味わうためには、両方が互いに対照的になっていなければ、要らぬ気障りとなって乱されるものである。又そうでなければ、折角両方に分れた意義もなくなる次第。

一、ウと結んだものの名目について。ウは如何にしても浮舟である。本組香は二包ずつであるから、その上はウウが浮舟であるべきである。それを「小野の尼」とした。この小野の尼を嚮に述べた如く、浮舟の尼になった姿と見ればそれでいい訳ではあるが、それにしては先に「浮舟」があって、兎に角二つとなる。二つになっても名目が違うから許されるという理も立つが、ウウの観点からすれば、第一義にどうしてもウウは「浮舟」と文字面に表わしたいところ。ウ一、ウ二、ウ三などと外の分子と合しているものは「浮舟」と、出来得る限りに於いて、すべからざる事である。「こだま」という名目、意外の様で一寸面白い。即ち、そこには浮舟という者が隠されている訳になる。手習の巻に、浮舟が川から上げられて、僧のいった言葉

「たとひ誠に人なりとも、狐木精やうのものの欺きて取りもて来たらむにこそ侍らめ」

の木精を取った以上は、一層のこと、「浮舟」を「狐」にかえ「小野尼」を「浮舟」に

して、狐木精浮舟としたら如何。

以上源氏物語中十巻分の組香を挙げた。組香としての特色的なものを挙げたのであるから、大体これで「源氏千種香」の如何なるかは解る事になる。

組香をすることの一方の興味は、聞いたことの正確であるかないかを判定するところにもあるのである。聞きの当否と称して、記録の上に点をかける。この点をかけるのに、組香では中々興味ある採点方を以ってする。例えば、他の人が当らないのに独りだけ当てたらば点数を多くするとか、又大事な香を当てたらば点数は他の香の倍にするとか、又両方に分れてする時は自分の方に縁ある香には点数が多いとか、或は又それ等の反対に罰点を付けるとか。尚進んでは、只単に数字を以って標点するのでなくて、やはり名目と同じ様な雅味ある詞を以って標とする場合がある。この場合などはこれまた同じく文学的に相当の考慮を払ってなされるもので批評するにも名目などの場合と同じく面白く出来るものである。然るに本千種香に於いては遺憾ながら、この雅味ある標語を以って点にかえているものはない、皆数字を以って示されている。故に本項に於いては、点の方は言及しなかった。

盤物について。これは文学の方には一寸縁がない。興味ある競点の規則など中々煩雑に作ってあるもののもある。が総てを省略する。只その使用する道具について、これを羅列し千種の組香鑑賞の資に供しよう。盤だけは、その型態こそ違え皆共通のものであるから、書かないで其他のものについて盤物全部にわたり

空蝉香。　空蝉の人形一　西君の人形一　碁盤一（上に碁笥あり）

盤物紅葉賀香。　桜五　紅葉五　菊五　檜扇五　短冊十　調子竹一

葵香。　御所車二　榊一　埒四

漂標香。　御所車一　御座船一　鳥居と瑞籬一　峯の姫松三　難波の蘆一

盤物関屋香。光源氏の人形一　源氏方舎人の人形二　伊豫介の人形一　伊豫介方舎人の人形二　逢坂の関一　瀬田の橋一　白川の橋一　金銀の短冊二

絵合香。　梅壺の人形一　梅壺方女官人形四　藤壺の人形一　藤壺方女官人形四　翠簾一

乙女香。　天乙女の人形十　檜扇十　加茂の瑞籬一

胡蝶香。　秋好中宮の人形一　蝶の舞姫人形四　紫の上の人形一　鳥の舞姫人形四
黄金の花瓶一　白銀の花瓶一　山吹の花五　桜の花五

行幸香。　御所車一　馬上狩装束人形十　弓矢を帯す舎人の人形十　鷹の鳥（松に雉

子を付） 三十　小塩山一
梅枝香。　源氏の人形一　紫の上の人形一　明石の上の人形一　花散里の人形一　兵部卿の人形一　上童の人形五（薫物を持つ）
若菜上香。　女三宮の人形一　鞠装束の人形四　唐猫一　翠簾二　松一　桜一　柳一　楓一　扇四
若菜下香。　女三宮人形一　紫上人形一　梅壺人形一　明石上人形一　源氏人形一　琴一　和琴一　小琴一琵琶一　柳一　桜一　藤一　橘一
橋姫香。　薫大将の人形一　大姫君の人形一　中の姫君の人形一　琴一　琵琶一　紅葉木六　翠簾一

以上十三種である。これらをそれぞれの盤の上筋目の上を運用するところは、実に視覚的美の景観である。組香の観照界を豊満にする資となるものであった。

源氏物語に於いて、光源氏が思慕したのは、藤壺の女御であった。光源氏の北の方は、葵の上なき後は、紫の上であった。作者紫式部はどうも、中心的人物に、紫に縁のある名称を与えている。宇治十帖に至って、中心となる人物の名は、薫の君である。それに伴って匂の

宮である。薫の君はその名の如く、体までが香をつけないのに芳香を発して薫っている様にした。紫式部は口にはいわね、「かをり」を求めて止まぬところはあったに違いない。そして「紫」というものと「かをり」というものと、そこに不離相即の境を観じていた事であろう。薫君の北の方をまた藤壺宮と縁づけている。

「かをり」の高き源氏物語、それが源氏千種香として表現されるまでに至った。それぞれに組まれたこの千種香、われ等はその組香に於いて、その情趣を感得しなければいけないのである。この組香を単なる香種の配合と見て聞香する時は競点の方にとらわれ勝ちになってしまう。競点や聞香の当否も肝要ではある、然しその事よりも、本組香に於いては特に、内容に即する情趣の変易、炷き出され移り行く香気のリズムを情感して、その奥行かしき所にひそむものを捉えてゆく事でなければならないのである。

（昭和十八年九月二十六日　稿了）

いわゆる源氏香図について

はしがき

一、日本芸道の一つに香道がある。香道はその名辞こそ江戸初期につけられたと考えられるが、その実質的起源は室町時代中期にある。それは中世芸術理念から生まれたもので、その中世の芸術理念は、時間と空間とにおいて中世語「幽玄」という象徴の言を以って宇宙無限の絶対へと瞑想を馳せ、眼前に現われる幾多事象の連続の道程としての動と静とにおいてその意味を追及し忖度し発見し、乃至はその象を超えて己が識を発動するというものであった。香道の意とするところは、即ち、無限を感知し無限を象徴しようとするにあったのである。かくて、一箇の香とその香気と及び数多の香とそれらの香気とをここに象徴づけてはそこに限りなき意を吸収せんとし、またその逆として一箇又は数箇の香を作為してそこに限りなき意を附与せんとしたのであった。これが香道の意図である。

一つの香材（沈香）の香気を嗅覚して、その感受した情感を人生又は宇宙の意味にまで観照を拡げて行く。而してこの拡げは、これを何らかの手段をもって如実に表現して行かねばならない。その手段に殆ど彼等は既成文学（時には故実）の故事を用いたのである。これが香道の表現方法である。単一の香を嗅覚するのを名香聞きと云い、数多の香を編成してこれを関連的に嗅覚してそこに一連の体系的意味を構成しようとするのを組香と称している。が共にこの方法によっているのである。

二、組香は江戸時代に入って大いに発展をして(寛永から元禄あたりが最も活気)その数は多い。編成しあげた一組香を命題的に名づけて何々香という。室町末葉から明治になるまで古書に見える数は同一名で実の異なるものを一つに数えて八百に近い数に及んでいる。その一々の組香の構成の仕方は大別して①一定数の香を故意に意図的に組織するものと、②故意にではなくたまたまの任意の順によって一定数を終了するものと二部類であって、源氏香は後者に属するのである。

源氏物語を扱った組香は多い。例えば、三平一香・匂集香・宇治源氏香・宇治香・源氏四節香・源氏四町香・源氏四坊香・源氏京極四町香・源氏三体香・源氏忍香・空蝉香・胡蝶香・松風香・篝火香・野分香・鈴虫香・源氏舞楽香・源氏香(三種)・源氏千種香(五十二種)など。そして源氏香と三字で示されている命題の組香は、即ち、区別していう古法源氏香と本題に提していているいわゆる源氏香とである。

古法源氏香をこの際云って置くが、これは香四種で組んだもの。1の香四箇、2の香四箇、3の香四箇、4の香四箇、計十六箇の香を打ち交ぜてその中から任意の四箇を取り上げてその香気の異同の差別を聞き分ける、というものである。その差別が十五通り出来て、随って十五通りの図柄が出来、その一々の図柄に対して各々雅名を次の様につけた。即ち、兵部卿宮・夕霧大将・女三宮・薫大将・蔵人頭・頭中将・紅梅大臣・落葉宮・空蝉内侍・花散里内侍・岩もる中将・紅葉大臣・式部卿宮・夕顔内侍・御息所（源氏物語の事実とは違う点もある）。これは室町時代の末葉に出来たものと考えられるが、江戸時代初期にも続いてこれを興じている。

いわゆる源氏香はその後発案されたものである。即ち、匂いの違う香五種をつかって、各種を五箇ずつ計二十五箇の香を打ち交ぜてその中から任意に五箇を取り出し、その五箇を任意の順で炷《た》き、何番目に出た香は何番目の香と匂いが同じであったか違っていたかを識別してそれを記録するのに図柄を以ってしたものである。例えばは凡て匂いが違っているし、なら右から二番目に出た香の匂いと四番目に出たのと同じ匂いであり、三番目と五番目とがまた別の同じ匂いであり、一番目は又別の独自の匂い、というわけである。か様な具合で、この異同は五十二通りしか出来ない。

それにおのおの雅名をつけようとする。何か一連の体系上具合のよい名はないか。丁度源氏物語が五十四巻である。殆ど数において近い。然し五十二しか出来ないので、源氏五十四巻の初めと終り（桐壺の巻と夢浮橋の巻）を除いて中身の五十二に配当した。

三、いつごろこの図柄に源氏巻名を当てたか。ここに『香道蘭の園』（書陵部蔵）（奥書によれば、享保十八年に菊岡寄邦が誌したものであるけれど、正保慶安のころ京に住し延宝のころ江戸に下っている鈴鹿周斎が門人山下弘永に伝えそれより栗本穏置を経てこの菊岡寄邦が授けられて誌す）というのがあるが、それにはこの源氏香図を意識してその上の膨大なる源氏千種香なるものを考案してある。これを以ってすれば、源氏香図は正保頃には既に出来上っていると見るべきである。また寛永の頃には時代は平安となり諸文化向上するについて就中香道は大いに発展、米川常伯なる香人の香界における業績など甚だ見るべきものがある。その点などから、恐らくこの源氏香図の名称づけは、こうした寛永時代の特に前期に出来たものであろうことが考えられるのである。

ところがこの五十二、どの図柄にどうした理由でどの巻名を当てるという解説書が見当たらない。江戸中期の香道書を見ても、或は源氏物語は五人の男と五人の女が最も活躍している故に五本の線を以って物語の経緯を示したものであるとか、或は源氏物語は人倫いかがわしい故に五常五倫の道を教えるため五本の線を種々構成したものであるとか、の概括説明をしているものばかりで個々にその理由を説いたものはない。その故に、憶測推理してその意を忖度するより外ないこととなる次第。

現に、以下示す図柄のように配されているそれを総覧すれば、初めの二三を見ると如何にも幾何学的図形逐次配列の様に見えるが後になってはそうでもなくなる。無論、当てる以上はそこに形と内容とに何らか関係がなければならない。五十二しかないものを強いて該当させるのであるから少々の無理は当然として、何らかの内容に則してなければならない。この源氏香は単なる順列的組合せの組香であって殆ど他の故意的にした複雑な組香に比べてはその文学的乃至情感的興味の薄い性質のものではあるが、然し、この組香を特に高めて源氏物語の内容的意味を附加して行き、今度それを逆に、香の出方即ち図に出来た図柄から物語の含む意味を憶測追及して行く様にまで仕上げたところに、香道史上、この名称づけの大きな意義が存するのである、と観なければならない。

私はそれを以下図解説の様に解釈する。一つの提唱である。就いては、この図解説において次の諸点に留意していただきたい。①縦線の見方である。とにかく五本並んで立っている線、それは聞香の上からは右が第一番で左へと第二番第三番となって行くのであるが、この図解説での見方はそれと反対に、左から右へと意味が展開すると見ていただきたい。即ち主人公（殆ど源氏自身であるが終り近くは薫君）が一番左で、その主人公の行為が右の方へと進むのである。縁の遠い程また右の方へ遠くなる。思案熟慮の結果どうしても左を主と見ることによって、はじめて総体的に体系的に意味がついた。②次には横線の見方である。この横線つなぎは聞香の上では同じ匂いの香のしるしであるが、この図解説では主人公又はそれに類する者の行為の表現のしるし。③大枠の中の小枠。それは概して第二主人公の行為を示している。④枠が重なるのは、双方が錯綜しているしるし。⑤短線は、子供又は愛玩する者のしるし。

図解説

帚木の巻。前に桐壺の巻はあるが、殆ど全巻の端緒と見てもよい巻である。主人公源氏（1）が長雨はれ間ない頃宮中で頭中将や左馬頭や藤式部丞らと数多女性の誰彼を批評し恋愛談義に夜の更けるのも知らずうち興じる。雨夜の品定め、数多女性の林立の型（2、3、4、5）。

空蝉の巻。源氏が正妻である葵の上を訪ねて方違えのために紀伊守の宿に行き伊豫介の後妻である空蝉に逢った（4－5）。源氏は空蝉に心を削る。（図柄は、他人の後妻に対して想をよせている型。注意すべきはが1より遠くにあること、もっと左にある程正妻に近い。道徳的である。）

夕顔の巻。源氏が乳母の病気見舞に訪れた隣家に住む夕顔。源氏は遂にかの女をつれ出して別荘にかくした（3－4）。が翌晩生霊におびやかされて空しくなってしまった。（夕顔は他人の妻ではない点で空蝉の図柄よりは一つ近い。）

若紫の巻。源氏は図らずも北山のある草庵に美しい少女を見つけた。少女は源氏がかねて慕っている藤壺女御の兄の娘と知れた。源氏はこの児を教育して妻にしたいと思った。そして本邸二条院に連れて来てしまった（後の紫の上）（2－3）。一方、藤壺女御が軽い病で里に下がっておられたので源氏はまたも近づき得たのであった。やがて病気は懐妊と知れて源氏は嘗て逢瀬のあったことを思いあわせて恐ろしい宿世に戦いた（4－5）。

末摘花の巻。源氏は夕顔の亡きあと、これに代る人をと思い煩っているところ乳母の娘の手引きで常陸宮の姫君末摘花に逢う事が出来て契りも交した。親友である頭中将もまたここに通って、二人は競争的に姫に文通などし、混戦の有様（1－2－3－4）で

ある。

紅葉賀の巻。源氏は紫の上を愛し続けている（2―3）。がやはり藤壺を諦めかね心の鬼にさいなまれている（3―5）。藤壺には実は源氏の子である皇子が生まれた（4）。皇子は源氏に生き写しであったが帝は何も知り給わない。

花の宴の巻。源氏は酔心地で宮中細殿を歩いてふと艶な若い女性（朧月夜の君）に会い、袖を捉えて局に引き入れた（3―5）。それは弘徽殿女御の妹君かも知れない。それなら春宮にあがる筈になっているのに、若き姫君（4）に気の毒な事をしたものだと思った。

葵の巻。源氏の正妻葵の上の終末である（1―2）。葵の上の妊娠中は御息所の生霊に悩まされ、若君（夕霧）は産まれたが、葵の上は遂に亡くなってしまった。（正妻なるが故にが一番左で源氏自身と直連している図型。）

榊の巻。藤壺は桐壺帝が崩御されたので、父帝や桐壺帝のために法華八講を営み、その最終の日に落飾して尼になってしまわれた。源氏はほろほろ泣けた（1―2―3）。一方、朧月夜は尚侍となって源氏は淋しかったが、夏の頃里居していると聞いて毎夜のように忍んで行った（4―5）。これを朧月夜の父右大臣に見咎められ、姉弘徽殿女御の

怒りをかい源氏失脚の術策がめぐらされる。

十一　花散里の巻。源氏は嘗て麗景殿女御（桐壺帝の女御）の妹の花散里には、かの女が宮仕していたころかり寝の夢を結んだことがあったが（3―5）、いま侘しい生活をしているのをふと思い出して久々に訪れる（2―4）。重なる縁である。なつかしく温和な性質を源氏は好ましく思う。

十二　須磨の巻。朧月夜のことから、源氏は自ら避けて須磨へ行く。紫の上に心を残し、御息所・花散里・朧月夜など（1―2―3―4）。源氏は都が恋しい。想は遠く京へ馳せる（2―5）。

十三　明石の巻。明石に住む明石入道から迎えの船が来て源氏は明石に移った。大いに優遇されて、遂にその女明石の上と深い契りを結んだ（2―3）。明石の上は容姿教育共に歴々の姫君にも劣らない。源氏は都から召還の宣旨を下されて、懐妊中の明石の上との別はつらかった。

十四　澪標の巻。明石では源氏との間（2―4）の姫君が産まれた（3）。源氏はその母なる明石の上を是非都へ上るようすすめるが、明石の上は先も案じられてそのまま明石に留まる。源氏は不憫に思って歌を贈る（4―5）。

蓬生の巻。源氏の謫居中、末摘花は零落しているが源氏に対する操持は決してかえない。源氏はその後二条東院に引き取って、心ゆくまでの世話をする（1—2—3）。

関屋の巻。空蝉は夫の任期満ちて常陸から共に京に帰るべく、ここ逢坂の関についた。源氏は石山に詣でようと逢坂の関にかかった。まんなかの関に出会って双方甚だ驚き感慨は無量（2—3—4）。

絵合の巻。前斉宮が入内して梅壺女御という（後の秋好中宮）、それは源氏が親代りの後見役をしたことによるのであった（4）。帝（冷泉院）は絵が好きで、そのためこの梅壺女御方も絵を集め、弘徽殿女御方も絵を集める。遂に両方の絵合をすることとなって互に優劣を争った（1—2—3）。然し最後に源氏が梅壺のためにした自筆の絵が出た事によって、勝利は源氏後見たる梅壺方に帰した（2—5）。

松風の巻。源氏の絶えざる勧めに、明石の上は遂に姫君のことを思って上京を決心し大堰の邸に落ち着く。源氏は訪れて旧情を暖めた（1—2）。源氏の姫君に対する愛はひとかたではない。紫の上は一切を打明けられて、子供好きの心から姫君を引取って抱きかしづきたいものと思うのであった（3—4）。

薄雲の巻。藤壺（薄雲の女院）は病篤くなられた。はかなくなられるのを看護した源氏の心は感慨無量。源氏の心の全部である（2―3―4―5）。想えば藤壺と源氏との秘密。（源氏物語は色彩と香気で出来ている。藤と紫、薫と匂。それほどの藤壺である。）

朝顔の巻。朝顔の斉院は父君の喪に服して斉院をやめたので、源氏は前から懸想していたこととて盛んに言いよるが、朝顔は更になびかない。（1―4）。紫の上はまたしても源氏の浮気と苦々しく思ったので源氏はさかんに御機嫌をとり（2）今は亡き薄雲の女院の思出を紫の上と語り合って女院の成仏を祈る（1―3）。

乙女の巻。源氏の正妻葵の上との（1―3）忘れ形見の夕霧（2）は元服する。源氏の深い親心から、夕霧は間もなく大学に入り、儒者大内記の厳格な教育を受ける。

玉鬘の巻。夕顔の産んだ玉鬘は（実父は元の頭中将）早く乳母夫妻に連れられて筑紫に行きそこで成人したが、いま京に帰って来た。源氏はこれを聞いて非常に喜び六条院へと引きとった（1―2）。年の暮れには新年のためと、紫の上・明石姫君・花散里・末摘花・玉鬘・空蝉へそれぞれふさわしい色や柄の晴着を贈った（3―4―5）。

初音の巻。長閑な六条院に源氏は明石の姫君を見舞ったが母明石の上からの心づくしも一入である。それから玉鬘を見舞ったが、隈なく匂きらきらしい様である。源氏はかくて、いみじき明石の姫君といとしき玉鬘とを対面させた（1－3と2－4と交）。

胡蝶の巻。源氏のいとしく思う玉鬘（1－4）。その玉鬘（4）には懸想する者も多かったが、中に源氏の弟兵部卿宮と髭黒右大将とは甚だ熱心であり、内大臣（元頭中将で葵の上の兄であり柏木や近江の君・雲井雁の父であり玉鬘の実父）の長男柏木も実は妹であるとも知らず恋している（2－3－5）。

蛍の巻。源氏は暇を見つけては玉鬘の部屋を訪れて慰んでいる（1－2）。ある夜、兵部卿宮が玉鬘の所に忍んできて縷々と心を述べるところを源氏は咄嗟に蛍を出して驚かし、愛する玉鬘（3）を兵部卿宮の横やりから護る（2－4）のであった。

常夏の巻。源氏が釣殿で涼んでいるところに柏木や夕霧たちが来合せた。そこで源氏は内大臣の噂などする。その内大臣はいま自分の娘の近江の君や雲井雁のことなどで思いあぐんでいる（3－4－5）。玉鬘もどこにいるのかとさがしている。

篝火の巻。初秋の一夜、源氏は玉鬘を訪ねて琴を弾じ、篝火にうつる玉鬘の美しさに、恋の煙を立たせている。柏木も夕霧と合奏しに来るが、玉鬘に深い想を懸けて胸

を苦しませている。思えばこの娘玉鬘（3）、両方からの深い想の塑像であった（2－4）。

廿八　野分の巻。野分けの激しかった日、夕霧が源氏の六條院を見舞してその美しさに悩ましさを覚えた程の紫の上、その匂い溢れる紫の上と源氏との睦まじい語らい（1－2）。同じく又、夕霧が、玉鬘を源氏が親子としての中らいであるのに恋人の様な態度でもてなしているのを不思議と思った程のここの有様（4－5）。

廿九　行幸の巻。源氏の愛する玉鬘（1－3）。然しいつまでもそうは行かない。源氏は裳着の式を機会に遂に実父たる内大臣に打明けた。内大臣は感謝した。想を寄せていた柏木や弁少将は初めて妹だと知って、今まで深入りしなかったことを喜んだ、が兵部卿宮はしきりとほしがっている（2－4－5）。

卅　藤袴の巻。玉鬘が源氏の実子でないことが分明して夕霧は、同じはらからでないこととなり、恋慕の情を燃やす。源氏は息子の夕霧（2）と娘分玉鬘（3）とを眺めて（1－4）色々心を遣う。

卅一　真木柱の巻。源氏の愛する玉鬘（1－5）。それを、かねて望んでいた髭黒の大将が、北の方が娘真木柱をつれて里に帰る様な悲惨もありながら、むりやりに玉鬘を自邸に迎えてしまった（2－4）。玉鬘には髭黒の子（3）が産れた。

梅枝の巻。源氏は大香合の会を催した。兵部卿宮を判者として、朝顔の君・花散里・明石の上・紫の上・源氏自身などで（1―2―3）。ついで管絃の遊を兵部卿宮・柏木・夕霧・弁少将などとする。さてここに春宮御元服あって、源氏の養い育てている明石の姫君（4）が源氏の心尽しの数々をもって（3―5）入内することに決したのである。

藤裏葉の巻。内大臣から藤見の宴の案内があって、源氏は夕霧を服装など整えさせて出してやり、源氏も心よいし内大臣も大いに喜んだ（2―5）。そこで夕霧は雲井雁の部屋にとまった。積る思いの二人は譬えようもなく喜んだ。やがて子同志の二人は三条殿で幸福な夫妻の生活を営んだ（3―4）。

若菜上の巻。朱雀院が可愛い女三宮を裳着を済ませて源氏に託された。源氏は年齢も開き過ぎていかがとも思われたがお受けした、その女三宮を柏木が堪え難い想いでおり思慕の情を宮に訴える（3―4）。紫の上は何気なく装うてはあるが源氏の女三宮をお引き受けしたことにまた寂しい思いの日々がある（1―2―5）。

若菜下の巻。帝（冷泉院）は病がちのため譲位あったので、新しい帝の春宮には源氏養育（1―3）の明石中宮（2）のお腹の皇子が立たれた。めでたき次第。一方、柏木は、折しも紫の上が病気で二条院の方に移っていられ六条院が手薄なのに乗じて、女三

宮に近づき遂に逢い遂げてしまった（4－5）。女三宮は懐妊となる、ある日源氏はこの秘密を知ったのであった。

柏木の巻。柏木は病重くなって、女三宮への煩悶は更に絶えない。女三宮には遂に不義の子が産まれた、これが後の薫大将である。然し表向きは源氏の子として位置づけされねばならない（2と4）。源氏と柏木はそれぞれ薫の親として心を遣った（1－3－5）。女三宮はとかくのことで尼となり、柏木は暫くして亡くなった。

横笛の巻。源氏は若君（薫）を不憫に思う。六条院では、明石中宮腹の第三皇子匂宮と薫とが仲良く遊んでいる（2と3）。源氏は二人の子供を愛し更にこの行方を見守ろうとするのである（1－4－5）。

鈴虫の巻。若き尼女三宮（2）に対して源氏はいたわり心でその持仏堂供養の事やお住い造営や鈴虫の宴や訪問になど眷顧愛護している（1－5）。親代りの後見役をした秋好中宮（梅壷）は源氏の訪れに、母六条御息所のことを語り、その冥福のためにと源氏は法華八講を営んだ（3－4）。

夕霧の巻。夕霧は落葉宮（朱雀院の女二宮で柏木の北の方であった）が小野の山荘におられるのを、亡き柏木からの依頼もあって世話をするうちに、かねての想もあってそれを実現した（3－5）。事情を知った雲井雁は、夕霧との中に数多子（2）のある正妻である（1－4）のに、妬みのあまり里に帰ってしまった。両者の悶著（1－4と3－5と交）。

御法の巻。紫の上の健康は勝れず美しき霊は遂に浄土へ逝った。六条院は愁嘆に明け暮れる。鳥辺野の送りにも、源氏は葵の上の葬送をも思い起して悲痛は更に絶えせぬ、逝ける霊（3）を抱いて、源氏の心裏は錯綜する（1－4と2－5と交）。

幻の巻。源氏は女三宮を娶った後の紫の上の心情などが思い出されて悔恨の涙にくれる。葵の上はじめ数多女性への心々、源氏はいよいよ出家遁世を決意し、その支度として、諸方からの手紙など俗世のことごと（2と3と4）を破り捨て焼き払った。幻夢を抱擁する大解脱（1－5）である。（これで源氏は亡くなることとなる——雲隠）。

匂宮の巻。薫（2）は元服して、身にあやしきまでの香りを持っているが自分の出生について疑いを持っている。母女三宮が若くして尼になっていられるのもその一つ。はたして源氏との仲でか（1－4）。柏木が関係しているのか（3－5）、錯綜した感じである。（以下薫が主役で匂宮が脇役）。

紅梅の巻。匂宮は薫より一つ年長で色好みの世評は高い。真木柱が一人の姫君を連れて大納言（柏木の弟）の後室となっているその姫君に匂宮は想を寄せる、真木柱は許そうとも思うが宇治の八宮（源氏の弟）の姫君にも繁々と通うと聞いて気が進まない。両姫君（3と4）とその匂宮の例の心（2－5）。

竹河の巻。玉鬘は夫髭黒の死後姫君二人の将来に心を痛めている。懸想する人は多くて、帝も冷泉院も夕霧の子も、そして年まだ若き薫からも。が結局、薫の想う姫君たちも、一人は帝に（1－5）、一人は冷泉院に上って非常な御寵愛をうけた（2－3－4）のであった。

橋姫の巻。宇治の八宮には二人の姫君があって、薫は時々訪問する。そして薫は、やがて姉姫をわが妻に妹姫を匂宮にと思っている。意外にも薫は、姫君たちの侍女（柏木の乳母の娘）から実父柏木の臨終の事情を聞き又証拠も渡されて、はじめて確かに人の子たる自分の身上を知った（1）。そして父なる人々（1－3）や、縁ある人々又想う人々（3－4－5）を思うのである。

椎本の巻。宇治の八宮は道心深く、姫君たちの身を薫に託して亡くなったので、薫は大いにその世話をすると共に姉姫に苦しい胸を打明けなどする（1－4）。匂宮が薫の庇護するその姉姫に対して手紙などして炎は熾りである（2－3）。

総角の巻。薫は姉姫を想うて切々たるものであったが、薫の看護もその効なくはかなくなってしまった（1－4－5）。生前、妹姫を自分の代りにと姉姫は薫にいったりしていたが、匂宮が想を成就してしまった（2－3）ので、薫はいまは惜しくも妬ましくもある。

早蕨の巻。薫は、姉姫には逝かれ妹姫は匂宮にとせねばならず、悲しくもまた淋しくもある（1－2）。匂宮は母明石中宮のお許を得て妹姫をものにし新夫人として（4）二条院に迎えて（3－5）しまった。

宿木の巻。薫は妹姫が匂宮の夫人でありながら、とかくの思惑を相談するによって心は恋へと馳せ、挑むまでになった（1－2－4－5）。両者の想人妹姫は匂宮の男子が産まれた（3）のであった。

東屋の巻。薫は妹姫からその異母妹の浮舟を紹介されて、憧れやまなかった姉姫によく似ているにつけても、心を執られ、浮舟の母からも娘のことを委ねられもして、やがて宇治に連れ帰った（1－2－5）。その前匂宮はわが二条院で見慣れぬ仮寓の美人（浮舟）を見て忍び寄ることもあった。愛くるしき孤麗人浮舟を二人で並び愛し抱いている

（3と4と）。

浮舟の巻。薫の浮舟への愛は温い（1―5）。匂宮は薫のすきを見ては宇治に出かけて、闇に紛れて浮舟と一夜の契りさえも交してしまった（2―3）。浮舟は両者の激しい愛の執心に耐えかねて、孤り悶えて（4）死を決心するに至ったのである。

蜻蛉の巻。浮舟は、薫の凡ての愛（1―5）と匂宮の凡ての愛（2―4）とを、今や断ち切って（3）、死へと行方をくらましたのであった。

手習の巻。浮舟は、仮死を横川の高徳の僧都の力に助けられて小野に住み、五戒を受け勤行の暇には手習などしていたが、遂に尼となった。もの憂い過去を忘れる境地、一切平等（1―2―3―4―5）の因。（図柄からも、当初帚木のに対して、結びとなる）。

補添

なお、この源氏香図について、ついでに述べて置くが、近来この図柄を敷衍して、巻頭の桐壺の巻に若菜下の巻の図を当て、最後の夢の浮橋の巻に新案の図を作り出して当てている。これは幕末に到って志野流の一派（篠原不休から伝わった派）が発案したものである。勿論本筋の香道伝統には無いことである。然し作っていることだけは事実なので、以下同じく、図柄を当てた意味を忖度して置く。

桐壺の巻。桐壺帝が多くの女御更衣の中で桐壺の更衣を最愛せられる（1－3）。そして皇子光源氏の君が出生された（2）。が桐壺の更衣はやがて歿くなったので、帝の追慕はまことに切、そこに更衣の生き写しとも思われる藤壺を得られて帝の御胸には春が再び蘇った（4－5）のである。（この内容がこの図に最も恰好と思って若菜の巻が上下巻あるにより下の図をこれに抜き出した。）

夢浮橋の巻。薫は小野の尼が浮舟だと知った。手紙を持たせてやったが、尼はそれすら手にせず、道心堅く思い定めている。解脱のすがた（1－2－3－4－5）である。（勿論、この図柄は聞香の上からは成立しない。手習の巻のと同じことで、全部同香のしるしとなってしまう）。

（『日本大学理工学部一般教育教室彙報』昭和四十二年三月）

高松宮殿下御前講演

微臣

文部教官広島女子専門学校教頭　正五位　甚三

恐惶頓首して香道の芸術性に就いて啓し上げ奉ります。

仏教がみ国に渡来してそれに随伴致しました事に端を発する香は公の御愛顧の下自ら之に従いつつ、奈良時代にはかの絢爛たる感覚文化の一翼を荷い、平安時代には創造的乃至独創的なる芸術の即ち視覚嗅覚の両面における嗅覚を分担し、中世に於いては精神文化の具象として中世人をして生の理念と萬有の無常性とに想到せしめ、近世に於きましては資本主義の前芽と儒教の現実的社会観とに影響して寧ろ風雅の道となり、明治以降　欧米文物炫燿に暫しその文化的芸術的存在者たる席を譲って来たという。右大要の変遷を示して参りましたが、茲に甚だ遺憾な事は古往今来その区々たる事実の解説は少々ございますにしても之を学的対象として取り上げ又芸術の論題として考究した者が未だ一人も無い現状でございます。折角み国の特異にして高度なるこの香の芸術を進み行く世界文化に挺身せしめる事は永遠なるべき日本精神文化に貢献する所以の一を微臣甚三　専門学校教授の名に於いて嚮に文部省科学奨励金を得、昨年学士院内　科学研究課より研究補助金を得て香道の芸術性に就いて研究致して居りますが未だ見るべき成果にも達し得ないか様な状態に現時の香に対する学は在る次第でございます。

日本芸術は平安時代以前と中世以後とに区分して見ます時、前者は感覚的芸術時代、後者は象徴的芸術時代と見なす事が出来ます。

而して、その前者たる感覚的芸術観も畢竟するに後の象徴主義的芸術観を醸成する過程とさえ考えられる次第でございまして、今この香道に於きましては全くこの象徴的芸術観がその基盤となって居る訳でございます。

只匂いを検覈し、その匂いの鑑賞上よりの優劣を香気の種々相とを吟味する丈ならば芸術性と道的意義とは存しないのでございますが、

さて、日本の香道の香道たる所以は

一、其の香気が象徴的に思索せられ

一、其の香気が他の芸術、就中、文芸とも多大に関聯し

一、一つの香と次に炷《た》く香との香気の鎖の上にも芸術的技巧が凝らされ

一、それを炷く作法に芸術的動作を考案し規格された体系の下に終始する

処にあるのでございます。即ち沈香をそしてその香気を情緒に立って編成組織し、これを鑑

賞するに、その技巧と意味と何を表現し、何を具象して居るかを批判するところに芸術があり、究竟に於いて一筋のものを意図し、その為の作法に考案せられた体系的規格が厳存するところに道があるのでございます。

香道と申すその名義こそは近世の初期でございますが、その実体は中世期にございます事からして当然この芸術的精神は中世芸術理念によって、就中、中世文芸理念によって作られました。中世文芸理念は已れを萬有の一分子と想い、萬有の奥に一つの情意を感得し、其の情意によって宇宙に生成して居るとする瞑想にありましてこの瞑想を個々物々をかりて乃至は個々物々を通して表現しようとする事にあるのでございます。

香道で取扱います大きな分野は

一、香木に銘を就けること、即　香の銘

一、銘ぜられたかかる銘香を単独に聞く所謂、名香

一、一名香と他の名香とを聞き分け批判し合う所謂香合せ

一、名香数多を順次に炷いて其の香気の変動するリズムについて想いを凝らす所謂、組香

の四つに収約する事が出来ますが、何れもこの瞑想の理に準拠して居る次第でございます。

最後に香道を批判致しますに

香道は確かに比類なき日本の芸術でございます。

香気を芸術的に取り上げた文化として世界に紹介して恥なき寧ろ誇るべき日本人の精神労作であると考えます。

愚考致しますに

一体、自然科学の方法は自己に絶対の信頼を置いて彼方を刻明して参ります。宗教の方法は彼方に絶対の信頼を置いて自己がそれに歩み進んで参ります。丁度このような関係が西洋と東洋でございます。

西洋の思索は絶対を我に置くに対して東洋の思考は絶対を彼に置くことにその特徴を持って居るのでございます。日本、亦この絶対を彼に置くことにその特徴を発揮して参りました。

香道が正しくこの範疇に入って居るのでございます。

今後世界の交易によって文化亦世界的とならざるを得ない時、日本人はこの絶対の彼と我との関係を熟慮しなければならないと考えます。香道に於いて同様——今後の香道の理念に於きましては従来の如き香気を彼への手段としたこと、この事の上に更に加えて香気独自の知覚を根幹として伸張する構想を打ち立てなければならないと、かく批判を致します次第でございます。

（本日の組香の説明）

一、組香がその主題を古典に取ります事は丁度文芸が中世以降近世文芸復興に至ります迄その文辞を多く平安時代に求めたと同様、云わば常套的な事でございまして現在までに知り得る組香の数九百数十の中、大半は古典にとり、而もその多くを平安時代文学に依って居る有様でございます。

平安時代文学の中では源氏物語が最も有名であり、又時代性を超えても源氏物語は優秀なる作品であって世界的見地からも名あるものでありますす点から台覧に供えますのを源氏物語とし、その一巻「薄雲巻」を主題とする組香と致したのでございます。

而もその「薄雲巻」を取りました所以は、組香としての複雑なるリズム的進展の味はございませんが、源氏物語の主人公たる光源氏の君が御生母を恋い給う「あくがれ」を全巻に渡る底の流れとしてありますす事からこの薄雲巻光源氏が生母に似給う藤壺の御方即薄雲の女院を恋い給い女院のかくれ給いしを御悲嘆の情を述べた巻でございます処から寧ろ源氏物語の一代表とも見られます事と且つはこの組香が所要時間の上で短き故にほんの御座興としてふさわしきものとも愚考致しましたのでございます。

一、組香を記録した書写本数々ございます内、この薄雲香は宮城図書館に蔵されます『香道蘭の園』と申す書を拝する光栄に浴しましたその中に源氏千種香と称された組香五十二の内の一つでございます点から台覧に供えます次第でございます。

一、本組香の作成者は不明でございます。考案しまするに寛永年間の末頃出来、米川常伯なる香人など関与して居る様に存ぜられます。

一、原作は稍冗漫と愚考致します故に甚三極少に修正を致しました。

一、本組香の構想を啓し上げます。

沈香の種類は三種類でございます。

第一種の香りある香を一箇　紫の上

第二種の別の香りある香を一箇　明石の上

第三種の又別の香りある香、これは二箇　薄雲

以上三種類で計四箇を使用致します。その中第三種の香で二箇ある中一箇は試と申し、最初に炷いて香気を記憶して置くことと致します。

次に残る三箇をもって本香と申し、即ちゲームにかかる事と致します。試に使用致しました第三種の香を今「薄雲」と命名致します。

さて、残る三箇を打交ぜて任意の順に炷き、「薄雲」と銘じた香が何番目であったかを聞き当てるのでございます。

さて、源氏物語の薄雲巻は光源氏三十一才の冬から三十三才の秋までの事

冬が来て大堰川辺の住居は一入淋しくなった。明石の上は二条の院に移ろうともしない。後に光源氏からせめて姫君なりとも引き取りたいと望まれて胸がつぶれた。師走のある日、朝から雪がちらちらと降って居た。姫君はその日とうとう源氏に迎えられて行ってしまった。明石の上は「末遠き二葉の松にひき別れいつか木高きかげを見るべき」と嘆き泣いた。明けて春となる、源氏の思慕して止まぬ薄雲の女院が重病で儚くなられた。御年三十七。臨終を見守って居た源氏の心は感慨無量であった。二条の桜を眺めてもかの古今集の「深草の野辺の桜も心あらば今年ばかりは墨染に咲け」という歌を「ひとりごち給うて人目も恥ずかしく御念誦堂にこもって日一日泣き給う。夕日が山際にさして雲が薄く渡って居るを見ては「入り日さす峯にたなびく薄雲はもの思う袖に色ぞまがへと」と一首の歌に心を託す。かくて日もすぎ秋となる。斎宮の女御が二条院に帰られる。源氏は紫の上とのお二人に春と秋と

何れが好きかときいた。斎宮の女御は秋、紫の上は春が好きだという事であった。明石の上にも絶えず手紙を送ったという巻でございます。

これを本組香にとって、三つの香から只一つ薄雲と銘じた香を聞き求めさせるようにした処は聞香としては実に簡単で呆気ない程でございますが、この巻の心情はこの組香の香調の中に把え得て甚だ面白いというべきでございます。すべて、外のは印象しないで只薄雲女院を慕い、索める姿。この人ではない此所にも居ないと探索する心情は心のリズムを表現した特殊のものとして味わうべき組香の一つでございます。

（高松宮殿下が農業視察のため昭和二十二年五月四日知多を訪れられ、この日拙宅にお泊まりになった時の御前講演である。）

あとがき

父は香道のお作法のお稽古はしていませんでしたが、志野流十九世宗由宗匠とは同い年で、ご懇意にしていただき、宗匠もお酒を嗜まれましたので、ときにはわが家にお越しいただいて楽しく過ごさせていただいておりました。偶然ではありますが、宗由宗匠と同じ年の昭和六十三年に亡くなりましたのも浅からぬご縁と思います。また、御家流の三条西公正様は大学の一年先輩で、あちら様は歴史がご専門と窺っておりましたが、お香のことなどで親しくご厚誼をいただき、終生お付き合いいただいておりました。このような立派な方々とのご縁から、一層香道の研究を深めていったものと思われます。ここにこれらの先生方のご冥福をお祈り申し上げるとともに、深く感謝申し上げます。

父が亡くなって十九年という長い月日がたってしまいました。これは全く私が怠け者のせいで、日常些事に追われることを口実に、そしてまだ私には時間が今しばらくはあるものと思いこんでいたからに外なりません。ところが、一昨年、突然病を得て手術することになり、幸いにも二年間の寿命をいただいた時点で、やおら家の片付けものをはじめたところ本原稿を見つけ、一大決心をして上梓することにしました。すると更に欲がでて、わが家の宝物としている祖父が制作した源氏千種香の香包みなど、祖父の描いた数々のお香に関するお道具の一部をこの際一緒に残しておきたいと思いつきました。それらの香道具を主人が写真を趣味としているので撮ってくれました。一方、娘は版元と交渉してくれたり家族の協力を得てともかく出来上ることになりました。

何分にも素人が熟慮もせず、また当然ながら父本人にも聞くことも叶わず、短期に仕上げてしまったもので不備な点が次々と現われ大変お恥ずかしいものとなりましたが、ともかく家の記念として残すことができたことを心から感謝しています。そしてこれをご高覧いただき、ある時期、こんなことを趣味とした人もいたことを少しばかり思っていただければ故人の供養となると存じます。

版元あるむの皆様には校正、レイアウトなどご協力いただいたことを心から感謝します。

平成十九年初夏

早川　順子

追記　妻・早川順子はこの本の上梓を最後の仕事として平成十九年七月二十日他界しました。

早川　峰生

早川甚三　略歴

明治35年、愛知県八幡町（今の知多市）に生まれる。
大正15年、東京帝国大学文学部国文学科卒業、続いて大学院
広島県立女子専門学校教授
愛知県立瑞稜高等学校校長
愛知県教育文化研究所所長
愛知県立女子大学教授
日本大学教授
勲三等旭日中授章
専攻は中世国文学
他に「香道」の研究
昭和63年9月歿

文学と香道

平成十九年八月二十六日　発行

著　者　早　川　甚　三

発行者　早　川　順　子

〒四七八―〇〇〇一　知多市八幡字中島一六
電　話　〇五六二（三三）〇五六三

発　売　株式会社　あ　る　む

〒四六〇―〇〇一二　名古屋市中区千代田三―一一―一二
電　話　〇五二（三三二）〇八六一
ＦＡＸ　〇五二（三三二）〇八六二
http://www.arm-p.co.jp
E-mail: arm@a.email.ne.jp

ISBN978-4-901095-90-7 C1095